A Bíblia

Péter Nádas

A Bíblia

tradução
Paulo Schiller

todavia

*No innate principles**

Locke

---

* "Não há princípios inatos", em tradução livre. [N. E.]

I

As rosas de raízes cambaleantes, oxidadas, e as folhas pendentes, pomposas, do acanto estremeciam longamente toda vez que se abria ou se fechava o portão de ferro monumental que se descerrava ou se trancava com dificuldade. Os sons desagradáveis, rangentes atravessavam o jardim silencioso e ricocheteavam, amortecidos, nas paredes revestidas de estuque da mansão térrea.

A mansão se estendia orgulhosa na direção do jardim, bem acomodada, ciosa de suas dimensões, ao passo que seus idealizadores haviam tido sobriedade bastante para não exibir sua imodéstia para a rua. Esconderam magistralmente a fachada atrás de pinheiros de tronco largo, arbustos ornamentais e jardins de pedra.

Por sua vez, a sacada proeminente e o jardim de inverno espremido entre suas grades desarranjadas divisavam abertamente os contornos da cidade que tremulavam na neblina.

Os seis quartos dimensionados para o estilo de vida distante do nosso pareciam antiquados, se comparados à nossa casa da cidade, e o hall de entrada revestido de mármore e o banheiro de azulejos azul-celeste, que mais parecia um salão, despertavam fascínio. Nossos móveis se perderam entre as paredes imensas, não havia como aquecer os seis quartos, e, assim, da alegria mesclada de assombro, só restava desgosto.

O jardim era grande.

Eu vagava à toa o dia todo. Fumava escondido, ou levava para fora a rede e lia.

Eu me entediava e vagabundeava, mas programava meus dias. Ao chegar da escola almoçava, passeava no jardim, batendo um galho nas pernas, descortinando, em passadas largas, os canteiros, com o fox terrier de pelo curto caminhando às minhas costas.

Circundávamos o jardim várias vezes e, ao final do passeio, eu trocava de roupa. Vestia um traje de ginástica velho e me apressava de novo para fora. Meta se sentava sobre as patas traseiras diante da porta e balançava o rabo, todo alegre. Em seguida, vinha a "tourada".

Eu agitava um pano vermelho e começava a correr. Meta saltava sobre mim, agarrava, puxava, largava o pano, eu o rodava acima de sua cabeça, ele o perseguia girando, uivava, rosnava — ele o agarrava, eu o puxava, ele se pendurava pelos dentes, eu não deixava, arrancava-o, começava a correr muito, o cachorro atrás de mim, deitava-se, nos arrastávamos na grama, ele abocanhava meu pulso, saltava em cima de mim, fazia com que o pano me cortasse... acontecia assim, dia após dia, até que pelo riso e pela correria meu quadril começava a doer.

Volta e meia Meta se esquecia das regras, levava a coisa a sério, latia, rosnava, trincava os dentes, de modo que suas gengivas rosadas, assustadoras, e o céu da boca manchado se lançavam sobre mim, ameaçadores.

Mas o medo me excitava ainda mais. Eu também não cedia. Numa dessas vezes, ele me atacou.

O tecido se prendeu entre seus dentes, eu o peguei e o ergui. Ele urrou de dor, retesou o corpo e se desvencilhou. Da boca dele pendia um pedaço de pano vermelho.

Atirou-se sobre minha perna. Por alguns instantes, não me dei conta da situação; fiquei paralisado pelo susto, uma vez que não podia ser pela dor, porque depois restou apenas uma escoriação. Uma enxada jazia a meu lado na grama. Devagar, com a mente clara, estendi a mão na direção dela. Meta se colou no chão com olhos chorosos. Comecei a bater nele. O sangue jorrava de seu corpo. Diante dos primeiros golpes chegou a uivar, e em seguida seus olhos se fecharam e ele suportou em silêncio o dilaceramento da pele e da carne sob a enxada cortante.

A náusea me deteve. Se não estivesse enjoado, não sei quanto ódio e força ainda emergiriam de mim. Larguei-o lá.

Não o encontramos durante dias. Meu pai topou com ele no sábado à tarde embaixo do monte de feno. Puxou-o e o levou para o hall de entrada.

Os olhos do cachorro brilhavam de medo, seu corpo ardia de febre, havia feno grudado em seus ferimentos, no pelo se via o sangue coagulado. Respirava com dificuldade, a língua pendia o tempo todo, e com ela o cão lambia o focinho.

Minha mãe o lavou, enfaixou-o, deu-lhe água, em seguida meus pais se perguntaram quem poderia tê-lo surrado tanto, certamente teria roubado galinhas... Eu não disse nada.

Na manhã seguinte, a caminho do banheiro, quase tropecei no corpo enrijecido de Meta. Ele se arrastou até a porta, talvez quisesse morrer ao ar livre... Apareci no quarto de meus pais com uma expressão trágica. Estavam deitados. Era domingo de manhã.

— Morreu — eu disse, e comecei a chorar. Encolhi-me junto de minha mãe, mas afastei a cabeça da mão que me acariciava. Não sentia necessidade de consolo.

2

Durante dias, não tive sossego. Subi ao sótão e busquei novos tesouros. Havia caixas de cartas, fotografias e jornais antigos — únicos legados do proprietário de um dia. Revirei os documentos empoeirados, li com prazer as longas cartas escritas em letras angulosas. Sentei-me durante horas nas tábuas cheias de pó lendo sobre noites, empregadas, amores, modas, cavalheiros e praias.

Olhava as imagens que exibiam senhores e damas elegantes, empertigados, em conveses de transatlânticos, montados em camelos aos pés das pirâmides egípcias, debaixo de arcadas em Roma, em gôndolas venezianas.

Entre os cantos das janelas estreitas do sótão derramava-se uma poeira dourada. Muito raramente chegava até mim algum som, como um grito, do mundo inferior, e o zumbido permanente, monótono, da cidade que naquele momento eu nem ouvia, de tão usual que era.

Depois de uma ou outra carta, eu devaneava durante muito tempo. Minha imaginação também me fazia montar no dorso de um cavalo. Não como se fosse um adulto, mas qual uma criança, tenso, com um chicote na mão. Ou me via sentado num imenso recinto de mármore junto de um piano, como o pequeno Mozart, dos painéis das portas pendia veludo vermelho, e de vez em quando a serviçal vestida de preto e branco trazia cartas numa bandeja.

Assim, com inércia inocente, apoiei a cabeça numa viga. Uma voz de mulher penetrou na névoa dourada. Veio da extremidade do jardim, da direção da quadra de tênis.

— Évaaa! Saia da água!...

Eu me debrucei na janela, mas por conta da mata densa não avistava o jardim vizinho, e Éva já devia ter saído da piscina, porque de novo se fez silêncio.

O nome me excitou.

Joguei meus tesouros de volta e desci para a casa às pressas.

Nessa hora, no início da tarde, sempre havia um grande silêncio. Meus avós descansavam no quarto mais distante.

Recebíamos o jornal *Népszava*, periódico que meu avô assinava desde os tempos de estudante. Seu ofício arruinara-lhe os olhos, e àquela altura não conseguia decifrar nem as letras mais graúdas. Havia dez anos minha avó lia o jornal para ele. Sentava-se junto da janela, punha os óculos de aro fino no nariz e de sua boca as frases jorravam velozes, indiferentes. Meu avô devia precisar de uma paciência infinita ou de uma tranquilidade perfeita para escutar o tom de leitora de missal da minha avó. E enquanto ele filtrava o essencial da névoa leitosa, confusa, minha avó não conseguia notar nada além da previsão do tempo. E isso apenas porque afirmava que suas pernas e a cintura sinalizavam o clima com mais precisão que o instituto meteorológico.

Nessas tardes, tudo era meu. O tempo e o espaço. Eu podia revirar as gavetas livremente e lia os livros que ficavam trancados.

Ao ouvir o nome Éva, desci do sótão às pressas; me dirigi diretamente para o armário de meu pai e tirei algumas gravatas. Não conseguia imaginar um encontro de outro modo que não fosse de gravata.

Saí correndo na direção da quadra de tênis. À medida que me aproximava, diminuí os passos. Imaginei Éva. Num vestido de tule cor-de-rosa, com uma sombrinha branca, enquanto passeava ao redor da piscina, orgulhosa, usando um chapéu de palha — como devia ter visto num romance da mocidade. Durante a espera, sentia meu coração na garganta.

Eu me aproximei da cerca com cuidado, espiei o terreno vizinho em meio aos arbustos de lilases, mas não vi ninguém. No centro do terreno, no jardim de pedras elevado, estendida ao sol, se erguia uma mansão toda de vidro. Mais abaixo, uma piscina feita de tijolos, e uma menor, com nenúfares, junto dela.

Fiquei sentado, encolhido entre os arbustos, durante muito tempo. Nada se movia. Isso me desanimava ainda mais. Imaginei que Éva àquela hora estaria sentada diante do piano num quarto com venezianas. Mas não se ouvia som de piano. Isso, naturalmente, não perturbava minhas fantasias. Fiquei sentado por muito tempo até que de trás da casa emergiu uma voz grave de mulher.

— Gansinho, gansinho, gansinho — ouvi, e a jovem também apareceu, com um punhado de milho na mão e, atrás dela, gansos famintos, com passos miúdos.

Ela se aproximou cada vez mais da cerca. Provocava os animais, volta e meia espalhava alguns grãos, os gansos se atiravam sobre eles, em seguida continuavam bamboleando atrás da jovem.

A moça — nem pensei que pudesse ser Éva —, cuja saia, já pequena, mal lhe cobria as pernas finas, estava descalça. Por fim, não distante de onde me escondia, ela espalhou o resto do milho. Nessa altura, o medo tinha me abandonado e gritei para ela:

— Ei!

Ela se virou; pensei que a surpreendera, mas seu rosto fino mais parecia contrariado.

— O que você quer? — ela perguntou.

— Nada.

— Então o que você está olhando?

— Por quê? Não posso?

— Idiota — ela disse, e se voltou para os gansos. Fiquei assustado, mas não me mexi. Ela fez de conta que observava os animais, mas me espreitava pelo canto dos olhos, e em seguida gritou: — Você ainda está aí?

— Sim — respondi com receio, porque ela partira na direção da casa, e lançara por sobre os ombros:

— Então eu vou embora!

Sem querer, saiu de mim como um grito:

— Espere!

Ela se deteve e se virou.

— Está bem — disse.

Criei coragem.

— Venha cá, mais perto.

— Para quê?

— Vamos conversar.

Ela não respondeu e veio em minha direção. Continuei acocorado junto da cerca.

— Sente-se.

Ela se sentou. Prendeu a saia com as pernas e me olhou. Diante desse gesto, fiquei constrangido de novo. Meu olhar saltava entre os olhos dela e seus joelhos unidos. Tinha olhos marrom-escuros, serenos.

— Vamos ser amigos... — gemi.

— Idiota — ela respondeu de novo —, eu sou uma moça, não posso ser sua amiga!

A resposta me perturbou. Não pude dizer nada. Pareceu-me verdade, senti vontade de discutir, porém nesse meio-tempo ela me observou. Ficamos em silêncio. Em seguida, levantou-se, bateu a saia e disse com sua voz confiante, grave, como se fôssemos velhos conhecidos:

— Adeus.

Quis pedir para que ficasse, mas ela se distanciou com um andar tão seguro que me faltou coragem.

3

Como todos os aposentos de nossa casa, o hall de entrada também era especial e de grandes proporções. Pilares de mármore se enfileiravam por seus dois lados. À esquerda da porta de entrada se abriam três quartos e a rouparia; à direita, onde os pilares se apoiavam nas paredes, abria-se um ambiente circular, de um lado com janelas imensas até o chão, do outro, com uma escadaria marrom que levava ao sótão. Do hall se abriam a cozinha, a despensa e o quarto dos empregados. Empurrada contra a escada do sótão havia uma mesa posta, coberta de um tecido de lona, com cinco cadeiras à sua volta. Lá comíamos.

Meus pais chegavam tarde em casa. Eram oito ou mesmo nove horas quando eu ouvia a batida da porta do carro, em seguida o portão gemia, contrariado, e pelo caminho em declive do jardim ressoavam as passadas curtas de minha mãe. Eu corria para abrir a porta. Ela me dava um beijo, lavava as mãos e, depois, enquanto minha avó esquentava o jantar, nos acomodávamos na sala de estar. Minha mãe cerzia ou tricotava uma meia, e eu lhe fazia um relatório sobre o dia ou sobre a escola. Ela sempre chegava antes de meu pai, porém todas as vezes o esperava.

Aguardávamos por meia ou uma hora, assim, em silêncio, antes de ouvirmos a segunda batida. Primeiro da porta do carro, e depois do portão. De novo os passos ecoavam no caminho pavimentado, mas dessa vez não mais contidos, e sim apressados e intensos. Nessas horas, minha mãe abria a porta e eu os observava entre a sala de estar e o hall de entrada, procurando divisar seus lábios proeminentes para o beijo em meio à penumbra. (Eu me interessava muito, de modo geral, pelos encontros e a relação entre eles.) Em seguida, meu pai punha a pasta cor de areia debaixo do cabideiro e passava para o banheiro através da rouparia. No caminho, alisava minha cabeça com a palma da mão. Olhava para mim à distância e todas as noites perguntava a mesma coisa:

— O que há, meu velho? Como foi na escola?

Porém ele nunca esperava pela resposta. Nem poderia, pois no meio-tempo já lavava as mãos, depois punha o rosto sob a água que corria da torneira, enquanto se dirigia à minha mãe. Isso não me magoava — era tão costumeiro que eu não esperava mais nada dele. Desde que nos conhecíamos (desde que eu sabia falar), o interesse dele não ia além da frase "o que há, meu velho?" deixada sem resposta.

Eu não sabia mais nada sobre a ligação pai e filho.

Dito isso, não me manifestava mais nessas noites. Eles conversavam sobre o trabalho, sobre política, colegas de trabalho, com a desenvoltura de quem ignorava minha presença. Minha única tarefa consistia em compreender tudo sem fazer perguntas, montando e desmontando em meu cérebro as pessoas que identificava pelas palavras. Eu me orgulhava da participação nos diálogos deles como ouvinte. Pois falavam de secretários, presidentes e ministros.

Acompanhava o jantar deles sentado na escadaria que dava para o sótão. Conversavam também enquanto comiam. De vez em quando meu pai depunha a colher e, esquecido da comida, discutia, exaltado, com algum desconhecido. Nessas horas, minha mãe o olhava sorrindo, como quem se desculpava, e ele caía em si e voltava a comer.

Minha avó também ficava rondando por ali, de pé. Esperava até que terminassem para que pudesse lavar a louça. Nisso, contava que não encontrava mais feijão na cooperativa, e que não conseguia obter carne fazia uma semana, o pão, em que havia mais batata que farinha, se desmanchava... Ao desfiar tudo que achava que devia, não a incomodava que meus pais não dessem atenção a ela.

Minha avó, mãe de minha mãe, era uma idosa baixa, acima do peso. Era habituada ao trabalho e por isso não era queixosa, embora fosse uma senhora que cada vez mais arrastava, aos gemidos e suspiros, seu corpo pesado. Apalpava a cintura enquanto fazia a limpeza e se curvava, reclamando muito sempre que tinha de erguer alguma coisa do chão. Tinha muito orgulho da filha. Quando podia estar no carro, colava o rosto na janela, para que todos vissem que a filha não era uma qualquer e levava a mãe de automóvel.

Era arrumadeira. Assim conhecera meu avô, que como relojoeiro consertava o relógio musical do secretário de Estado. Meu avô não ganhava mal, não deixava que minha avó trabalhasse.

Ela me contava muito sobre sua juventude. Criticava os secretários de Estado, mas ao final sempre acrescentava: "Eram pessoas finas".

Desde que nos mudamos para a colina, ela se sentia pior. Não tinha com quem conversar. Por isso havia transformado em rotina passar metade do dia na cooperativa, não se importando com as pernas doloridas, cheias de varizes, na fila por tudo, fosse ou não necessário. Suavizava o sofrimento queixando-se durante horas caso arranjasse dois ovos; era preciso se acotovelar por tudo. Falava com todos sobre minha mãe, e porque não sabia muito acerca desta, ela mesma inventava histórias, por vezes com tanto entusiasmo que chegava a acreditar nelas.

Trazia o prato seguinte. Batatas na gordura e repolho à milanesa (em vez de carne).

Minha mãe lhe passava os pratos de sopa.

— Vou ver na cidade se não encontro carne — disse.

— Traga uns três quilos — pediu minha avó —, vou fritar tudo e assim ela vai durar mais tempo. — Saiu com os pratos.

— Mamãe! — chamou-a minha mãe. — Sente-se um pouco, quero lhe contar uma coisa.

Minha avó deu meia-volta com a velocidade de um raio e largou os pratos na mesa.

— O Géza e eu falamos em contratar alguém. Essa casa é demais para a senhora.

— Ah, não é preciso. Eu arrumo tudo — explicou-se minha avó, e a justificativa continha certa alegria, pois se preocupavam com ela, associada ao ciúme de que alguém entrasse na casa, o receio de que não teria do que se queixar, o orgulho de que ela ainda era capaz de fazer tudo, e a despeito da generosidade deles não havia necessidade de se jogar dinheiro fora, porque ela estava lá.

— Nem pensar. A moça virá amanhã, e pronto — disse meu pai, irritado, como quem quisesse interromper a discussão nascente.

— Está bem — concordou de imediato minha avó, e se dispôs a ajudar. — Nesse caso, amanhã vou limpar o quartinho.

— A moça vai limpá-lo. A senhora não precisa mais trabalhar — falou meu pai.

Minha avó, então, se espantou. Avaliou a situação e depois perguntou:

— Ela é confiável?

— Mãezinha, por que não seria confiável? É uma moça de aldeia. Uma colega minha a recomendou.

— E é jovem?

— Tem dezessete anos.

— Essas dão problema — ponderou, séria.

— Que problema? — explodiu de novo meu pai. — Vamos cuidar para que não haja problema! Ela virá amanhã no começo da tarde. Se eu não estiver em casa, mostre-lhe tudo.

— Está bem, eu não quis dizer, mas... vou mostrar tudo para ela... só que os jovens costumam dar problema... — mas não continuou, porque meu pai lhe lançou um olhar que impunha silêncio.

— Não vai haver problema algum — ele disse num tom de quem também se tranquilizava. — Procuraremos estar em casa. Ela se chama Szidike Tóth. Certo? — E começou a comer, encerrando o assunto.

Minha avó suspirou, sinalizando que tinha certeza de que os jovens criavam problemas, e que não abria mão dessa crença, mas, ao ver que não podia prolongar a conversa, levantou-se e levou a louça para a cozinha.

Mandaram que eu me deitasse. Fiz a cama, peguei um livro, mas não fui capaz de me concentrar. Procurei construir Szidike em minha cabeça. Camponesa. Camponesas, eu só conhecia de minhas leituras. Depois apaguei a luz, fechei os olhos, mas não consegui adormecer. Escutei os ruídos conhecidos da noite. A cama rangia sob o corpo pesado de minha avó, em seguida captei algumas palavras, elogiava minha mãe para meu avô, dizendo como ela era atenciosa e a poupava. Mas a resposta dele não chegou até mim, de tão baixa que é sua voz.

A água corria no banheiro. Eu era capaz de perceber precisamente que a banheira estava ficando cheia. O som de água escorrendo de súbito se modificou. Ouvi minha mãe entrando na banheira, ouvi-a jogando a escova de unhas de volta na saboneteira e, mais, pensei escutar a toalha sendo esfregada, embora as paredes fossem muito espessas para tanto.

Minha avó ainda se mexeu, disse alguma coisa, minha mãe fechou a porta de seu quarto, meus pais conversavam em voz baixa, aos poucos o mundo a meu redor silenciou. Ouviam-se latidos distantes, e de algum lugar na cidade a chaminé de uma fábrica.

4

No dia seguinte, minha avó me esperava na porta. Limpou meus sapatos e me advertiu severamente para que não desarrumasse a casa. Usava um vestido preto de seda que tinha ganhado de minha mãe, e que ela vestia apenas em ocasiões especiais — eu a examinei espantado.

As maçanetas brilhavam como novas, reinava uma arrumação impecável.

Ela me apressou com o almoço e enxaguou os pratos com gestos cuidadosos, elegantes, para que não sujasse a roupa. Depois foi para meu quarto com um livro que nunca tivera a intenção de ler e se instalou junto da janela. Nem pôs os óculos. Com isso, me dei conta da razão da roupa preta e da arrumação — de onde estávamos, avistava-se o portão.

Corri para a cerca no fundo do jardim. A moça estava na beirada da piscina menor e dava pequenos chutes nas roseiras. Eu me agachei no meio dos arbustos. Ela separou os dedos dos pés e, como se usasse uma tesoura, agarrou a haste de uma flor, deu-lhe um puxão e a flor voou para longe, atrás de suas costas. Repetiu a ação até que não houvesse mais flores ao alcance de seus pés. Fiquei pensando em como começar, e por fim disse:

— Dê-me uma!

Ela nem se virou, como se não me ouvisse, mas tirou a perna da água. Vi que a tinha surpreendido e, aproveitando o momento, gritei com mais força:

— Dê-me uma!

Ela olhou para mim de súbito e fez como se tivesse me notado apenas naquele momento.

— Ah, é você? — disse. — Bom dia.

Juntou as flores, aproximou-se da cerca, sentou-se diante de mim e estendeu uma rosa através da grade. Passou a rasgar as restantes.

— Por que está rasgando as flores? — perguntei.
— Por nada.
— Você pode colocá-las num vaso.
— Nós não costumamos pôr flores em vasos.

Eu sorri, indulgente.
— Vocês com certeza não têm vasos!
— Temos sim!
— E vocês têm uma moça?

Dessa vez, foi ela que se espantou com a pergunta.
— Sou eu! — ela respondeu.
— Uma moça — insisti — que cozinha e faz a limpeza no lugar de minha avó.

Ela entortou o canto da boca sinalizando que me entendia, e respondeu, explicando.

— Você quer dizer uma empregada. Não temos, porque meu pai não deixa minha mãe trabalhar e ela faz tudo.

— Minha mãe trabalha. Um carro vem buscá-la!

— Um carro vem buscar meu pai também. E... e... — pensou — leva minha mãe também se for preciso, se quer saber!

— Mas meu pai trabalha no ministério!

— O meu também.

— Então são iguais — constatei, mas a jovem não se conformou.

— Meu pai é maior porque nossa casa é mais bonita.

Não pude deixar de concordar, mas, exatamente como no dia anterior, eu me senti contrariado.

— Você é Éva? — perguntei.

— Sim — respondeu. — Vamos nos apresentar. Está bem?

Ficamos de pé e pegamos na mão um do outro por cima da cerca. Éva tinha uma palma forte, e vi nessa hora que era bem mais alta que eu. Segurei a mão dela por um longo tempo. Aquilo me fez bem.

— Me largue, o arame está me cortando — ela disse.

Eu me sentei, mas Éva continuou de pé.

— Então eu já estou indo — ela disse. — Amanhã venha para esse lado, vamos brincar.

Adorei o convite e dei um salto.

— Vou trazer uma bola. Está bem? — perguntei.

— Eu também tenho, mas pode trazer.

Acima, no jardim, o portão bateu.

— Vou indo — eu disse, e enquanto corria gritei, alegre, para trás: — Até logo!

— Espere aqui, na cerca — gritou Éva para mim.

5

Minha avó continuava sentada à janela na mesma imobilidade e, segurando o livro com o braço estendido, lia.

— E a Szidike? — perguntei, irrompendo no quarto.

Sem nada esconder, ela olhou para mim com uma careta:

— Ah, era apenas a vizinha.

Saí decepcionado e me sentei junto do portão, perto da cerca. O sol do início de tarde buscava uma passagem em meio aos troncos que se debruçavam sobre a rua e derramava manchas de luz sobre o calçamento vazio. De lá, de meu esconderijo, eu conseguia ver até a curva em declive da rua na direção da parada do trem de cremalheira. Pelos sons que chegavam, constatava quando ele partia da estação para baixo, ou quando parava, vindo da cidade.

Às vezes eu subia para o alto do portão, de lá via a uma distância maior, e se viesse alguém rapidamente me arrastava para os arbustos.

A jovem chegou sozinha. Usava uma saia larga, com forro abundante, o queixo branco era coberto por um lenço amarrado, nas mãos segurava com firmeza uma sacola de algodão. A sacola devia conter peças dobradas de roupa — embrulhadas em jornal. Olhou para o jardim, mas não me notou. Parou diante do portão, lá também espreitou, procurou o número, em seguida desabotoou a blusa no peito e pegou um papel muito amassado. Sua boca se movimentava enquanto lia. Olhou de novo para a numeração, mas continuou hesitante. Deu um passo para trás, colocou a sacola sobre uma pedra e ajeitou o lenço. Continuou sem coragem de pôr a mão na maçaneta. Procurou a campainha. Tocou-a com a ponta dos dedos e, da casa, o som de pronto respondeu. Nada se movia.

Eu não entendia por que minha avó não ia até o portão, ou por que não gritava pela janela, para dizer "está aberto!", como costumava fazer de outras vezes.

A moça ainda ficou parada por algum tempo, depois tentou girar a maçaneta. Com um rangido forte, o portão cedeu. Isso a assustou, e ela o fechou com cuidado. Desceu pelo caminho com passadas lentas.

Quando passou por mim, eu me pus de pé de um salto e, contornando a casa, entrei pela janela da varanda. Esgueirei-me para meu quarto. Com uma tranquilidade imperturbável, minha avó fez como quem lia. A moça parou diante dela, do lado de fora da janela, e a cumprimentou.

— Boa tarde. Procuro os Till.

Minha avó ergueu os olhos e providenciou a aparição de um sorriso frio nos lábios.

— Pois não, minha cara. A senhora é Szidike Tóth? Venha. Já vou abrir — e, com dificuldade, saiu na direção da porta.

Não sei por quê, mas me atirei sobre minha cama cheio de felicidade, enquanto procurava ouvir a voz de minha avó.

— Largue suas coisas. Lave-se, querida. Certamente está cansada. Foi fácil nos encontrar? Vou lhe mostrar seu quarto. Depois chame quando estiver pronta, vou lhe apresentar meu marido e meu neto. Venha...

Diante do fato de que me apresentariam, eu me assustei. Depressa apanhei um livro em minha mesinha de cabeceira, abri-o em algum lugar e comecei a ler. Claro, não consegui me concentrar. Esperei que a porta se abrisse e Szidike aparecesse com minha avó. Mas não tive paciência para a espera. Levantei-me e saí correndo para o hall de entrada. Meu avô também estava lá. Segurava a mão de Szidike, sorridente, e não disse nada a não ser seu nome. Em seguida, também me apresentei. Szidike sorriu, feliz e, além disso, vi que desejaria ter afagado minha cabeça, mas quando olhei para ela, indignado por não tê-lo feito, ela disse apenas:

— Você é o Gyurika? Meu irmão também se chama Gyurika!

Estávamos de pé os quatro no hall, e meus pais chegaram também. Cumprimentaram Szidike. Meu pai, segundo seu hábito, secamente. Para mim, ele perguntou de novo "o que há, meu velho?", e sinalizando que a chegada de Szidike não mudaria seu modo de vida, pôs a pasta debaixo do cabideiro e foi ao banheiro para lavar as mãos.

— Então vou lhe mostrar tudo — disse minha avó para minha mãe.

— Não precisa, mamãe! — respondeu minha mãe. — Pode ir tranquila para seu quarto, eu vou mostrar tudo a ela.

Minha avó sorriu, com dificuldade, para Szidike; em seguida, com raiva, olhou magoada para minha mãe, alisou a roupa no peito e, com o pescoço enterrado entre os ombros, foi para o quarto.

6

Mandaram-me para o jardim, para que eu mostrasse tudo lá também. Isso me deixou tão orgulhoso que mudei minha postura. Arranjei uma corda fina e, como se fosse um chicote, dava pequenos golpes na perna. Szidike me tratou por você. Isso me ofendeu. Eu me desforrei dizendo que nunca tinha ouvido um nome absurdo como o dela. Mas o efeito esperado não aconteceu. Szidike me esclareceu contando que na família dela toda menina se chamava Szidónia, e o nome era muito comum na aldeia dela.

Não era assim que eu havia imaginado nossa relação. Ela fez uma tentativa de pegar minha mão. Mas a experiência resultou num fiasco porque saí correndo pelo caminho de terra do jardim. E ela, atrás de mim. Pensou que eu quisesse brincar de pega-pega. Por meu gesto de paralisia, deve ter se dado conta logo de que não a considerava uma parceira de brincadeiras.

Assim, estranhamente, passeamos, um pouco rígidos, ao lado um do outro. Ela olhou com alegria para os canteiros de flores e constatou, de maneira racional, o que deveria ser plantado e onde, na hipótese de vir a ter tempo. Passado o susto inicial, vi que era uma moça segura de si. Isso também não correspondia às minhas fantasias. Teria gostado se ela se movimentasse com a mesma postura que tivera diante do portão.

A garota procurou o terreno cultivado. Separado rigorosamente do jardim ornamental por canteiros de lilases havia um pequeno pedaço de terra que não usávamos muito. Na primavera, meus pais plantavam algumas mudas de pimentão ou de tomate, num outro pedaço enterravam batatas, mas durante o verão eles se deram conta de que, ainda que tivessem tempo para usar a enxada, a coisa toda não fazia muito sentido. Aos poucos, o tempo já andava pelo outono tardio, e somente então tivemos batatas frescas. Na extremidade da plantação havia um conservatório com uma das paredes encostadas na cerca. Aquecido por uma estufa, era próprio para o cultivo de flores. Também não o usávamos, e, ao longo de dois anos (desde que morávamos na montanha), as janelas se partiram, o arcabouço de ferro se oxidou e o equipamento de calefação se deteriorou.

Lá, Szidike se sentia em seu elemento. Sorriu constrangida diante das plantas largadas, tratadas sem nenhum cuidado, porém a tarefa de arrumar aquele pedaço de terra a animou. Por conta disso, era inútil eu lhe mostrar o "pé de tulipas" que dava flores vermelhas, e o salgueiro que, intrépido, se lançava ao céu para depois se curvar até o chão — nada a afetava. Em pensamentos e nas palavras, ela sempre voltava à plantação.

Aos poucos, começou a escurecer. Voltamos para casa. Minha mãe esquentava o jantar, meu pai estava sentado atrás dela e falava sobre alguma coisa. Assim que entramos, ele se calou. Parou no meio da frase e se voltou para Szidike.

— E então, o que achou do jardim? — perguntou.

Szidike falou desenfreadamente que nunca tinha visto um jardim imenso como aquele, com tantas árvores variadas e rosas, mas — e aqui se deteve, mas, ao ser encorajada por meu pai, soltou que a plantação estava numa condição lamentável, ela faria sulcos, na primavera a semearia, e verduras não iriam faltar. Minha mãe pôs a mesa, enquanto resistia: não havia necessidade de uma plantação, bastava limpar a casa, lavar e cozinhar, seria ótimo se ela pudesse dar conta dessas coisas.

Diante da declaração imperativa, Szidike se entristeceu, mas assegurou que teria tempo livre suficiente para arrumar a plantação, uma vez que para ela aquilo seria divertido.

Na mesa, havia seis lugares. E ao redor dela, cinco cadeiras. Minha mãe pôs o sexto prato diante da escada que dava para o sótão, nós nos sentamos nos lugares de costume, e apenas Szidike andava entre a cozinha e a "sala de jantar". Trouxe sal, e de algum lugar desenterrou uma caixa amarelada de palitos de dente, que também pôs diante de nós.

Minha avó dava colheradas olhando a sopa de modo fixo e grave. Meu pai sentava-se à cabeceira da mesa. O silêncio dele não me surpreendia: desde que a asma atingira seu coração e pulmões, falava cada vez menos, somente no rosto magro os olhos fundos conservavam o brilho.

— Sente-se — disse minha mãe para Szidike.

— Não, não! — recusou a jovem. — Depois, na cozinha, depois que vocês tiverem comido — disse, e eu me alegrei de ver que a segurança a abandonou em pouco tempo.

— Sente-se aqui! — disse minha mãe, meio ordenando, meio brincando. — Como pode imaginar que vai comer as sobras na cozinha?

Szidike ficou ainda mais constrangida, e se sentou, mas pôs seu prato no colo. Isso, no entanto, meu pai não permitiu.

— Coma sossegada. Aqui a senhora não é uma empregada... a partir de hoje faz parte da família.

A moça pôs o prato de volta. Foi obrigada a comer lançando o corpo bem à frente, para que alcançasse a mesa. Empunhou a colher e sorveu, suavemente, a sopa.

Fez-se um grande silêncio. Meus pais não diziam nada. As colheres silenciaram na borda dos pratos, as gotas pingavam, silenciosas, de volta, e Szidike sorvia. Eram ruídos não costumeiros. Logo me dei conta da razão. Eu não ouviria mais as discussões entre meus pais e, com isso, se romperia o fio delicado que me ligava à vida deles. E Szidike sorvia a sopa junto de meus ouvidos. Eu não escutava mais nada. Movia a mão automaticamente de minha boca para o prato e de volta e, enquanto olhava fixo para minha mãe, debaixo da mesa chutei a perna de Szidike.

Pelo susto, ela derrubou a colher no prato. A sopa respingou em meu rosto.

— Perdão... — me dirigi a ela, sorrindo.

7

De pijama, descalço, na ponta dos pés, eu me aproximei. Parei bem atrás dela. Estava na soleira da porta; curvada, ela cutucava alguma coisa na rachadura do piso.

— O que você está fazendo? — gritei. Ela estremeceu e largou o pano de limpeza.

— Você não está vendo? — perguntou, como se estivesse indignada, mas depois caiu na risada. — Você me assustou.

— Você se assustou para valer, não é?

— E eu não sou de me assustar.

— Você não tem medo do escuro?

— Não. Não temos luz em casa. Eu só sinto medo no cemitério.

— Eu não sinto medo nem lá. Eu não tenho medo em lugar nenhum.

— Você é um menino. Você não precisa — ela disse, e enxaguou o pano no balde, jogou a água fora e pôs o balde debaixo da pia. — Pronto — Szidike se endireitou. — Por que você ainda não está dormindo?

— Não consegui dormir, porque, não me leve a mal... por ter te chutado... eu não queria, de verdade... — fechei, inocentemente, as pálpebras, e me alegrei de ter dito aquilo com tanta calma. Em seguida, ergui os olhos.

— Ah, nem está doendo, eu gritei de nervosa.

— Quer que eu encha a banheira para você? — perguntei depois.

— Vou só me lavar.

— Nós sempre tomamos banho. Vou abrir a torneira. — Entrei no banheiro.

Calcei os chinelos. Szidike não veio atrás de mim.

— Veja, tem de ser ligado assim — mostrei o aquecedor a gás —, você abre a água, abre o gás, depois, quando for suficiente, você desliga o gás e fecha a água. — Fiz algumas tentativas. Sempre que o gás acendia a chama, ela estremecia. Observamos juntos a banheira se enchendo.

— Gostaria de me despir — ela disse, constrangida — saia, por favor.

— Se for por isso, eu poderia ficar.

— Não pode.

— Minha mãe sempre deixa.

— Mas eu... não... bem, saia, bem... — insistiu.

— Está bem — eu disse, generoso, e fui para o quarto.

Eu me sentei na beirada da cama e esperei pelo barulho bem conhecido da água. Enquanto isso, calcei meu sapato de ginástica. Meus pais conversavam em voz baixa no quarto ao lado. Me aproximei da porta, me perguntei se entraria, mas eles nunca deixavam que eu ficasse acordado de noite e os incomodasse. No entanto, não havia lhes dirigido nenhuma palavra o dia todo. Colei o ouvido na porta. Já deviam estar na cama, porque os sons chegavam atenuados através da colcha puxada sobre a boca deles. "... Tem uma cruz no pescoço...", ouvi a voz de meu pai. "E daí... o que importa é que faça tudo direito", respondeu minha mãe. "... seria bom se ocupar dela de vez em quando...", "quando é que nós temos tempo para isso, mas se você tiver uma solução?!"

A água se agitou. Silenciosamente, cuidando de cada passo, fui até a janela da varanda. Estava aberta. Saltei para a escuridão. Fiquei de pé durante muito tempo entre as petúnias, agachado. A noite estava morna; as nuvens, imóveis. Eu me atentei para os sons noturnos, de olhos bem abertos encarei dois vultos brancos, e, embora soubesse que se tratava de dois vasos de flores de mármore, ainda assim esperava que se aproximassem de mim. Porém apenas o vento agitou as folhas.

Saí dos canteiros de flores e bati o pé numa pedra. No quarto de meus pais, a luz se apagou. Assustado, tropecei de novo. Depois, mancando, busquei com os pés o caminho e os degraus e comecei a contornar a casa.

O banheiro, desenhando os contornos da decoração estranha da grade de ferro, esparramava luz sobre o gramado. Quase corri em busca do ponto preciso. Parei debaixo da janela, escutei novamente os sons que se filtravam, mas os latidos de cães que respondiam uns aos outros e o murmúrio da cidade à distância encobriram os ruídos dos movimentos miúdos de Szidike. O grande olho de vidro me fixava frio, imóvel. Desejaria que alguma sombra imprecisa se movesse atrás dos desenhos ornamentais, porém os painéis das janelas permaneceram vazios.

Os dois painéis das janelas inferiores do banheiro eram feitos de vidros decorados, as duas janelas de ventilação superiores eram de vidros espelhados. Tive de pisar na segunda barra de ferro da cerca para ver o interior do banheiro. Dei o impulso necessário. Agarrei o ferro frio, enferrujado, e me ergui. Atirei os pés sobre o beiral metálico. Nessa hora, a sombra se mexeu. Fiquei imóvel. Pensei que tinha sido notado, mas depois do primeiro susto me dei conta de que Szidike havia apenas ficado de pé na banheira.

"Assim vou vê-la ainda melhor!", pensei de súbito, e pisei sobre a primeira barra transversal. Prossegui, mas o medo me deteve. A curiosidade me impeliu adiante. Para cima, para a segunda barra. Agora só precisava endireitar as costas, e diante de mim se estenderia a imagem do banheiro, mas minhas mãos e pernas se aderiam, trêmulos, sobre a ferrugem fria, que se soltava. E, de súbito, não sei por quê, me ocorreu a cabeça faiscante, afiada, da enxada, o cabo polido ajustado em minhas mãos e o olhar, fixo, precedido de uivos de Meta. Eu já ouvia Szidike claramente. Meus ouvidos apreendiam os ruídos bem conhecidos do corpo de alguém que se lavava (pode ser que apenas imaginei tê-los escutado), mas meus pensamentos se distanciaram do corpo de Szidike. Vi Meta de novo, os coágulos consolidados, misturados com palha, aderidos a seus pelos, e também ouvi a voz de minha mãe e, de algum lugar mais profundo, minha própria voz.

"Você não sente nojo?", perguntei. Minha mãe, enquanto continuava a lavar com cuidado o corpo do cachorro e mergulhava, repetidas vezes, uma esponja numa bacia, olhou para mim, e disse: "Se você soubesse das coisas que eu fiz! Bem piores! Carreguei cadáveres congelados recolhidos sob escombros em macas". De novo, ouvi minha voz inquisidora: "Quando?". Então veio a resposta didática, cheia de um orgulho inquestionável: "Depois que fui libertada".

Seguiu-se um grande barulho de água, e atrás da janela ornamentada a silhueta imprecisa de novo se endireitou. Eu a ouvi saindo da banheira, agachando-se de novo, enquanto a água borbulhava pelo ralo. Esses sons me impeliram sobre a cerca com a força de um susto (de que perdia alguma coisa). Endireitei as costas, e minha cabeça foi parar na moldura da janela de ventilação. Eu suava.

Szidike estava de pé sobre o estrado de madeira, diante da banheira. Estendeu o braço para trás, em busca da toalha, embrulhou-a numa bola estranha e enxugou primeiro o pescoço. Nisso, sorriu. Fez das tranças um emaranhado no alto da cabeça, e se estendeu à minha frente com toda a frescura, brilhos pálidos e cores suaves de seu corpo. Em seguida, abriu o embrulho e esfregou as costas. Atirou a cabeça para trás, de tal modo que seu olhar se dirigiu diretamente para o meu.

Por alguns instantes, até que a percepção atravessasse o anteparo do susto, nós dois nos quedamos imóveis. De início, ela fez ouvir um som desarticulado, pôs a mão diante da boca e continuou a me olhar com o medo da impotência.

Eu apertava o ferro, meu corpo se contraía entre as grades. Em seguida, Szidike, acocorada ao máximo, cobria ela própria seu corpo, e em um tom surdo, como se viesse de dentro, gritou em minha direção. Acenou com as mãos para que eu fosse embora, porque não suportava mais, urraria e, assustada, se apressou em cobrir os seios.

Tonto, saltei ou caí da janela. Me estendi sobre a grama. Sentia que tinha me quebrado todo, e o receio de que ela pudesse contar tudo aos meus pais apertava, com uma força que eu jamais sentira, todos os meus órgãos, do pescoço à virilha.

Saí correndo no escuro. O medo foi vencido por um medo mais novo, maior, a vibração pelos eventos da noite se dissolveu em minha angústia interior.

Demorei para voltar a mim em minha cama. A porta do quarto de Szidike bateu. Procurei relembrar o corpo dela, mas só me ocorreu seu olhar suplicante, impotente. E o pavor transformou seu corpo, bem como seu olhar, em inimigos.

8

Recortamos o fundo de uma sacola de linha e a estendemos pelas alças entre dois galhos; jogávamos a bola ao "cesto". Éva vencia. Correu, lançou-se para o alto com elasticidade, e com os braços esticados encestou a bola com facilidade. Nessas horas, ela gritava eufórica e anunciava o placar. Eu pulei para tirar a bola que se desprendia do saco, era minha vez.

Meus músculos sinalizaram o insucesso com antecedência. Angustiado, corri para trás, me desprendi do piso e, teatralmente, como se calculasse minhas passadas, corri na direção da cesta. Durante a corrida me acalmei, me vi nadando no ar, mas no instante decisivo foi como se alguma coisa me contivesse, e eu me detive e contemplei a cesta.

Éva me encorajou, com arrogância:

— Vamos, vamos... Vai!... Agora!...

Teria desejado atirar a bola em seu rosto fino, irônico, mas o sentimento só restou como um impulso interior. Também sorri, envaidecido.

— A passada não deu certo — eu disse, entortando a boca.

Corri de volta e contei meus passos em voz alta, em seguida dei novo impulso, me despregando do piso, com uma das pernas, voei na direção da cesta. Nessa hora, era como se novas dimensões se abrissem para mim, vi de fora meu corpo cheio, desajeitado diante dos olhos derrisórios de Éva, que piscava, e ao mesmo tempo vi, de fato, Éva com as sobrancelhas franzidas, e vi também a cesta, cujo centro eu deveria acertar. Errei. Éva logo saiu correndo para agarrar a bola, enquanto gritava:

— Veja só, agora eu!

E lançou a bola.

Ela já estava com quarenta, eu não tinha nem dez, quando propus que encerrássemos o jogo. Nos estendemos junto do pé da cerca. O gramado seco se oferecia debaixo de nós como um cobertor grosso que crepitava. Respirávamos ofegantes, e fixamos a cabeça na direção do firmamento de brilho amarelado. Éva transpirava muito. Eu era bem sensível a cheiros, mas o dela não me repelia. Farejei ruidosamente para que me notasse, mas ela não se voltou para mim. Espreitei-a de lado. Ela fechou os olhos; em sua pele amarelecida, oleosa, se distribuíam diminutas pérolas, as aletas de seu nariz se dilatavam à medida que inspirava. Seu lábio superior miúdo de vez em quando se separava de seu par, como uma espécie de válvula exalava o ar, e novamente se fechava. Observei a trilha descendente das pérolas na testa dela à medida que se aproximavam, submergiam nas têmporas em formato de concha e desapareciam entre seus cabelos marrom-avermelhados de fios grossos.

Eu me sentia puro e leve, e de repente fui tomado pela fantasia de me debruçar sobre ela e deter com a língua o caminho transbordante de uma pérola miúda.

— Apesar de tudo, eu ganhei. Claro, sua desvantagem é ser mais baixo que eu, e eu também tenho mais elasticidade. Meu professor de ginástica disse que sou muito elástica — enquanto falava, não abria os olhos, suas pálpebras repousavam serenas em sua pele sem poros. A voz era calma, profunda e tão convincente que sufocou em mim toda resistência.

Devo ter pensado em como ela era forte e calma, em como imperava sobre mim e, seguro, me arrastei para mais junto dela. Também fechei os olhos e desfrutei do calor úmido de sua pele.

Ela se mexeu. A grama seca gemeu debaixo de seu corpo, temi que se afastasse, mas se aninhou mais perto de mim. Não tive coragem de me mover.

— Está bom assim — eu disse, tão baixo que somente meus órgãos internos devem ter me escutado, mas vi que compreendia porque ela abriu os lábios e sorriu lindamente. Eu me virei, abracei-a com cuidado com um dos braços e a puxei para perto. O corpo dela rolou, cedendo. Abriu os olhos.

— Bom, não? — sussurrei contra seu rosto. Ela continuou rindo lindamente, e assentiu.

— Gosto muito de você — eu disse.

— Eu também — respondeu, mas assim que ela o disse, foi como se brilhasse de novo o rosto duro da Éva desaparecido na distância.

Eu a puxei com força. Pus minha boca sobre seus lábios, mas não senti nada. Afastei a boca e depois a colei de novo. Nisso, movimentei a cabeça, como faziam meus pais às vezes no corredor às escuras. Mas novamente não senti nada. Éva pareceu ter aberto a boca, e eu a apertei com mais força. Ela se pôs de pé de um salto. Olhou para mim assustada, pensei que estivesse brava, mas vi apenas o velho rosto habitual de Éva. Entortou a boca com desprezo e, assim, olhou para mim.

— Nem beijar você sabe! Em Németlad todo mundo sabe — disse, pegou a bola e saiu correndo com ela para a rua. Lá, ficou batendo bola.

Eu não sabia por que não era capaz de beijar, pensei que deveria aprender, e a única que poderia me ensinar seria Éva, mas a visão de seu rosto indiferente enquanto batia a bola no calçamento de pedregulhos me fez perder a vontade. Continuei estendido, espantado, só, como ela havia me deixado ao se livrar de meus braços.

— Revanche! — gritou para mim como se nada tivesse acontecido, e ergueu a bola acima da cabeça. — Você não vem? Por que fica aí deitado? — provocou.

Eu sabia que era capaz de mudar de cara com facilidade, mas naquela hora pareceu difícil me erguer e olhar para ela como antes da primeira partida. Mas não achei outra solução. Lentamente me apoiei sobre um joelho; em seguida, por uma ideia que me ocorreu de súbito, comecei a fazer flexões.

Éva ficou parada a meu lado.

— Quem vai aguentar mais? — ela perguntou e, enquanto balançava o corpo com leveza, contou em voz alta.

No seis já tive dificuldade de me esticar, meus braços começaram a tremer, o sete só foi possível pela força de vontade, consegui me erguer pela oitava vez também, mas senti que meus ossos saltariam do lugar e desabei.

— Dez... onze... doze... — contou em voz alta e parou. — Nisso também eu venci! — ela disse, e com as mãos entrelaçadas sobre a cabeça começou a rolar para baixo na descida, enquanto gritava:

— Traga logo a... — aqui se calou, porque estava com o rosto virado para baixo... — a bola... — e girou cada vez mais rápido... — con... ti... nuamos... — Pôs-se de pé, arfava com força. — Vamos, venha... — disse, autoritária, enquanto limpava a saia curta.

— Agora? Estou cansado — eu disse com aspereza, na expectativa de que se acalmasse, mas ela riu de novo, sarcástica:

— Você é um banana! Um banana! Você está cansado, seu banana?

O sangue me subiu ao rosto.

— Banana é sua mãe! — gritei, enlouquecido.

Ela se endireitou, deu um passo à frente, em seguida, com o rosto duro fixo no chão, se aproximou de mim devagar, cuidadosamente, com movimentos que levavam a pensar que ela tinha certeza de que me agarraria sem dificuldade, eu estava à mercê dela.

— O quêêêê? — sibilava. Eu só via seus olhos assustadores, e exalei um ódio impotente. Sua bola pintada jazia perto de mim na grama. Eu a ergui e repeti:

— Banana é sua mãe!

— O que você disse da minha mãe?

Recuei. Dei um impulso com a bola e a atirei no rosto dela com toda a força. No último instante, ela pôs as mãos diante dos olhos, mas era tarde.

Perdeu o equilíbrio, e depois correu em minha direção, indignada.

— Seu animal desgraçado! Seu filho da puta! — urrou.

Eu me virei e corri na direção da cerca. Atravessei os arbustos e me enfiei na passagem. Minha camisa ficou presa no arame, tentei arrancá-la em vão, ela não se soltou. Éva me alcançou, ouvi a respiração que se tornara ameaçadora — tentei me soltar com força. O tecido ficou na parte baixa da cerca. A força da impotência me impeliu até o meio da quadra de tênis. Lá, eu me voltei. Ela se debruçou sobre a cerca e com a voz chorosa gritou:

— Vou mandar que te levem embora, que te levem com meu pai! Vou mandar que te levem!

9

A porta do carro bateu bem mais cedo que de hábito. Os passos apressados de minha mãe ecoavam no asfalto. Eu estava estatelado em minha cama, banhado em medo, e acompanhei seus passos que se aproximavam. Não corri para abrir a porta. Ela chegava e a sombra dela atravessou primeiro um dos painéis da janela, depois o outro.

Minhas mãos teriam se movimentado para que eu me mexesse, parasse diante dela, chorasse, ou apenas apoiasse com força a cabeça em seu peito, e lhe contasse sobre Szidike e sobre meu medo, os beijos e tudo o mais, mas minha mente ansiava por tranquilidade. Porque ela iria entrar de todo modo. Iria se sentar a meu lado, enlaçar-me os ombros, virar-me para ela, e me perguntaria: o que acontece, meu Dojdi?

O trinco estalou, a porta bateu, ouvi a voz de minha mãe que dizia, apressada, para Szidike:

— Vamos a uma recepção. Não nos esperem para o jantar.

Em seguida, ouvi de súbito da boca de Szidike meu nome, e senti como se alguém apertasse meu estômago com uma corda.

Fez-se silêncio. Eu também não me mexi. O motor do carro zumbia indiferente diante do portão do jardim, e a água que corria no banheiro golpeava o latão da banheira, num ritmo intenso.

Minha mãe revirou alguma coisa no quarto dela, e pouco depois entrou.

Aproximou-se de minha cama a passos silenciosos, e, sussurrando, perguntou:

— Você está dormindo?

— Não — respondi num tom monótono artificial.

— Então por que está deitado? — perguntou, mais alto.

— Por nada.

— Está com dor de cabeça?

— Não.

— Está bem, você só conta se quiser. O seu Sanyi está me esperando no portão. Vou com seu pai a uma recepção.

Senti que não podia lhe contar mais nada. Olhei para ela. Vestia um tailleur azul-escuro e uma blusa branca.

— Sente-se aqui um pouco — pedi. Ela se sentou na beirada da cama, nervosa, e alisou minha cabeça.

— O que há com você? — perguntou de novo.

— Você está muito bonita, e eu gosto muito de você! — explodi e me aninhei junto dela. Ela abraçou minha cabeça, olhou para o relógio e se pôs de pé num salto.

— Preciso correr! O papai está me esperando e vou me atrasar. E a Szidike disse que você não comeu a lentilha!

— Ela está mentindo.

— Isso é coisa que se diga?

— Sim.

— Eu não tenho tempo para isso, para ouvir suas sem-vergonhices!

— Volte aqui só mais um pouco — implorei.

— Entenda que vou me atrasar!

— Vai se atrasar, vai se atrasar, você está sempre correndo. — A isso ela não soube o que responder, apenas se despediu, da porta, e ainda se voltou:

— Trate de obedecer à Szidike e comer a lentilha!

Fechou a porta. Seus passos ecoaram de novo diante de minha janela na trilha do jardim. Seu Sanyi acelerou e o carro foi embora.

10

Sentei-me na cozinha, junto de Szidike. Ela lavava louça com o corpo inclinado, e a cada movimento a cruz que pendia de seu pescoço por uma correntinha dourada balançava. Não olhou para mim, esfregava o fundo de uma panela. Com a força dos movimentos, a longa trança marrom caía para a frente, e nessas horas ela sacudia a cabeça irritada, e o feixe de cabelos caía de volta às suas costas.

— Você acredita em Deus? — perguntei. Ela fez alguns movimentos no fundo da panela, depois abaixou os braços, apoiou-se na beirada da pia e olhou para mim assustada.

— Não... — gaguejou.

Então por que você usa o crucifixo no pescoço? — perguntei, triunfante.

— Ganhei da minha mãe na primeira comunhão — respondeu.

— Então por que você usa, se não acredita? — repeti. Ela não respondeu, e continuou a esfregar o fundo da panela.

— Veja, se eu não fosse comunista, eu não usaria um distintivo do Lênin.

— Você também é comunista? — perguntou, erguendo os olhos para mim.

— Claro que sim! — respondi, orgulhoso. — Essa é a diferença entre nós, você acredita em Deus, nós somos comunistas. Você acredita em Deus, pode confessar com tranquilidade... eu também estudei o catecismo.

Ela ergueu os olhos de novo, e em seu olhar eu vi que desejaria perguntar: "os comunistas também estudavam o catecismo?".

— Claro, era obrigatório — acrescentei.

Ficamos em silêncio. Me irritava não poder me agarrar a ela, e perguntei, de novo, mais num tom de declaração:

— Então você acredita em Deus.

— Sim — respondeu, e endireitou a cabeça com orgulho. A resposta me alegrou.

— Então por que você me denunciou? — ataquei logo.

— Eu te denunciei?

— E também mentiu.

— Não menti, isso eu não faço.

— Mentiu sim, porque você disse para minha mãe que eu não comi as lentilhas, embora as tenha comido.

— Eu disse porque você brincou com elas e as largou.

— Mesmo assim, por que você me denunciou? Seu Deus não proíbe? O Deus bonzinho?

Ela engoliu em seco e me deixou sem resposta. Minha avó chegou à cozinha arrastando os chinelos. Parou diante de Szidike e cruzou os braços sob os grandes seios.

— Se terminou, precisa passar roupa, querida!

— A patroa disse que hoje de tarde eu estaria de folga, porque no domingo virão convidados.

Minha avó olhou para ela furiosa, e não se deixou desarmar.

— Para começar, eu já disse algumas vezes que não é patroa, mas camarada, em segundo lugar você pode folgar amanhã. Hoje precisa passar roupa.

— Está bem, eu disse apenas porque a camarada tinha dado a ordem — ela se desculpou.

— Estudou? — minha avó voltou-se para mim, mais calma.

— Não. Quem virá no domingo? Outra vez?

— Não faço ideia, você acha que sua mãe me disse? — minha avó devolveu a pergunta, ofendida. — Estude, Dojdi, direitinho.

— Os Pozsgai, com certeza... acham que isso aqui é um hotel... — resmunguei, como se não tivesse ouvido a menção de minha avó aos estudos.

— Eu estou falando à toa? — irritou-se.

— Vou estudar, e agora me deixe em paz!

— Tenho que deixar você também em paz? Está bem, vou te deixar em paz... ele também me desrespeita... deixá-lo em paz... — grunhiu, e saiu da cozinha.

Szidike acabou de lavar a louça sem dizer palavra.

Limpou a mesa, estendeu o forro e, enquanto o ferro esquentava sibilando baixo, ficou sentada no banquinho com as mãos no colo.

— Você não vai molhar a roupa? — perguntei.

— O quê?

Fiquei de pé e mostrei para ela. Suspirou, levantou-se e, com movimentos indiferentes, espalhou água sobre a roupa. Ainda achei algum defeito no trabalho dela, em seguida fui estudar em meu quarto. Mas o estudo não deu em nada. Eu ansiava por gente, para que pudesse contar tudo a alguém. O silêncio pulsava em meus ouvidos. Espiei o quarto de meus avós. Meu avô estava sentado apoiando os cotovelos no aquecedor, e escutava, concentrado, a leitura monótona de minha avó. Fiquei de pé à porta por algum tempo, porém o rodopio uniforme das palavras me irritou ainda mais. Silenciosamente, fechei a porta.

Saí para o jardim. Não tinha nada a fazer lá, vaguei sem rumo. Caminhei ao longo dos arbustos que rodeavam a quadra de tênis. Não digo que tenha ido parar ali sem querer. Meu coração palpitava com força. Começou a escurecer, e vi que em meio às copas desnudas a luz se acendeu na mansão de Éva. "Talvez o pai dela tenha chegado em casa, e agora vão me levar", pensei, e comecei a correr de volta. Trepei nas flores decorativas do portão, contemplei a rua, mas nada se movia. "Se fosse o pai dela, o carro passaria agora e eu o veria!" Tentei me acalmar, mas o som do grito choroso de Éva grudou em meus ouvidos. Desci e entrei correndo em minha casa.

Ao longo de uma das paredes da sala de estar havia uma comprida estante de livros. Remexi nas fileiras de trás em meio a livros velhos, rasgados, atirados lá. Meus pais guardavam ali anotações do seminário, brochuras, alguns romances água com açúcar e romances femininos de capa amarelada. E também os livros que atravessaram a peneira do tempo e, ao perderem a atualidade, se tornaram sem valor.

Fiquei de pé sobre a beirada da estante e da fileira mais alta pesquei um livro preto, encadernado em couro. Estava marcado no canto superior direito com letras douradas: BÍBLIA SAGRADA. Peguei-o com espanto e curiosidade. Como sempre. Eu o havia lido bastante, gostava dele porque instigava minha imaginação, e também por outra razão...

Andei diante da igreja durante muito tempo. Olhei para as torres que convocavam para alturas distantes. Sabia que tinha sido batizado lá, mas apesar disso não tive coragem de entrar.

Sentei-me do outro lado, na extremidade da rua, pus a bola no chão à minha frente, e de lá observei a arcada escura, fria, do portão.

Uma mulher com os cabelos intensamente tingidos de loiro se equilibrava sobre saltos altos diante da entrada. Eu a conhecia. Morava abaixo de nós, no segundo andar. Eu a cumprimentei. Ela acenou e desapareceu na escuridão da igreja.

Peguei a bola, enfiei-a debaixo do braço e saí atrás dela. Empurrei a porta com uma paciência respeitosa, e me detive. A mulher estava diante da pia de água benta, depois seguiu adiante entre as fileiras de assentos que se perdiam na escuridão. Eu me apoiei sobre o frestor de uma coluna de mármore e de lá a observei.

Com a segurança de quem se movimentava em sua própria casa, ela se dirigiu a um santo de cabeça erguida. Fez o sinal da cruz e se ajoelhou. Murmurou palavras com a cabeça curvada. Durante pouco tempo. Em seguida se pôs de pé e se dirigiu para a saída.

Olhei a meu redor assustado, pensando em onde me esconderia, mas ela me notou. Veio em linha reta na minha direção.

— Como você tem coragem de vir aqui assim, sujo? — sussurrou, passando por mim. Eu me examinei, esperei que ela desaparecesse e me mandei da igreja.

A Bíblia havia sido comprada por minha mãe em 1944. Meu pai tinha sido emparedado com três amigos e uma máquina de impressão num porão próximo da margem do Danúbio. Uma única janela os ligava ao mundo exterior. Por ela, minha mãe atirava os mantimentos todas as noites, e recolhia os panfletos no final da manhã. A parede da casa na qual se abria a janela dava para uma área pequena, sem ninguém, lugar que meu pai havia me mostrado um dia. Minha mãe parava ali e, caso não viesse ninguém, jogava alguma coisa por uma das janelas quadradas do porão. Significava que eles podiam entregar os panfletos. Colocavam o pacote junto da cesta dela, ela o escondia debaixo das verduras ou outros embrulhos, punha em cima a Bíblia e, como se não tivesse acontecido nada, seguia adiante.

Não podiam trocar nenhuma palavra, pois tinham de agir sem chamar a atenção, em instantes, expostos ao perigo de que pudessem ser vistos por alguém de uma das janelas laterais da casa voltada para a deles.

Minha mãe tomava o bonde e parava na plataforma apertando a sacola contra si, como uma boa dona de casa que levava para a família os mantimentos difíceis de serem obtidos, com a Bíblia posta em cima como quem no meio-tempo dava também uma entrada na igreja. De seu pescoço pendia, numa corrente fina de ouro, a cruz de minha avó. Assim, com calafrios no estômago, ela ia para casa.

Certa vez, um padre de batina preta subiu junto dela. Estavam apenas os dois na plataforma. Tempos atrás, minha mãe e meu pai brincavam que, se vissem um limpador de chaminés ou um padre, deveriam agarrar a casa de um botão. Minha mãe mal prestou atenção nele, e sem perceber pegou a casa de um botão na roupa que vestia. O jovem padre acompanhou o gesto e, em seguida, seu olhar pousou sobre a Bíblia. Percebeu alguma coisa e encarou minha mãe como se quisesse hipnotizá-la. Minha mãe caiu em si e, nervosa, quase desatou a rir. O padre se pôs do lado dela e, seguindo o olhar estremecido pelo sorriso, disse: "Como pode alguém ser tão supersticiosa?", perguntou, crítico. Chegaram a uma parada. Minha mãe sentiu que, se não descesse imediatamente, explodiria numa gargalhada. Virou-se e, no último momento, quase derrubando o padre, saltou com o cesto, em que sob a Bíblia estavam "as papeletas", os panfletos.

Eu me encolhi no canto do sofá e folheei as páginas delicadas. Procurei os dez mandamentos. Achei alguns trechos interessantes; em seguida, nervoso, continuei a folhear, mas não encontrei em lugar nenhum a proibição de se mentir ou se delatar. Embora tivesse a lembrança de um Judas, eu não sabia que ligação ele tinha com a mentira, e dos dez mandamentos só me ocorreu o "não matarás". Aquilo tudo me deixou agitado e passei a virar as páginas cada vez mais depressa. Me entretive nas partes em que se discutia quem vencera quem. Em seguida, eu me levantei e com a Bíblia na mão fui até a cozinha.

Szidike passava roupa. À sua volta, a cozinha estava envolta num vapor quente.

— O que é isso? — pus o livro sobre a mesa. Ela olhou para ele, depois como quem temesse um novo ataque com uma finalidade desconhecida, demorou para responder.

— Bíblia... — disse, com grande dificuldade.

— Viu? Nela também está escrito que não se pode mentir! Sua querida Bíblia diz isso!

— Gyurika, me deixe passar roupa... — ela pediu, sem muita convicção.

— Mentir você sabe!... e agora quer que eu te deixe... O quê? — respondi, indignado. Ela me olhou suplicante, e eu continuei furioso, sem sorrir, frio.

— Gyurika, eu nem contei para a patroa que você me espiou ontem... eu não quis te denunciar...

— Ha, ha! — ri alto, insistente. — Você imagina que eu te espiei? Onde te espiei, quando? Viu, você só sabe mentir, junto com essa droga da sua Bíblia filha da puta!

O medo e a raiva explodiram em mim, ergui o livro preto e, enquanto fazia as páginas voarem, gritei:

— Tome... tome... merda... viu... tome... sua mentirosa!

Ela largou o ferro e arrancou de minha mão a Bíblia destroçada.

— Por que você está fazendo isso? — perguntou com um medo asfixiante, e apertou a Bíblia junto de si. Eu me atirei sobre ela, arranquei-a de suas mãos e a joguei contra a parede. Com as páginas espalhadas, ela se estendeu a um canto.

— Por que está fazendo isso comigo? — ela disse, caindo no choro. Foi até a Bíblia, ergueu-a, sacudiu-a e a levou para o quarto dela. Não fechou a porta, ouvi que chorava.

A meu lado, uma das camisolas de minha avó sobre a mesa começou a soltar fumaça. Não procurei apanhá-la, um certo ódio indefinível ardia em mim, me levando a deixar que ela queimasse. Eu não sabia de quem ou por que deveria me vingar, mas em minhas mandíbulas contraídas sentia uma raiva crescente. Aos poucos, a flanela com rosas ficou marrom sob as bordas do ferro. Aquilo me acalmou e, mastigando as palavras, uma a uma, eu gritei para dentro do quarto.

— A casa está pegando fogo!

Szidike estava sentada no canto da cama com a Bíblia no colo. Não olhou para mim, pensou que mais uma humilhação se seguiria e, sem dizer uma palavra, sem se defender, se entregou.

— Você não entendeu? A camisola está queimando! — gritei. Ela deu um pulo, escondeu a Bíblia debaixo do travesseiro e foi correndo para a cozinha.

A essa hora, a marca do ferro se imobilizara como uma mancha marrom no tecido.

— Pronto! — eu disse, irônico.

Ela ficou parada estática, imóvel, diante da mesa da cozinha. Debaixo do contorno do ferro se alçava a fumaça marrom. A chama iluminou seu rosto liso, redondo. Estava bonita. Agarrei o ferro e o atirei contra a grade. Ela nem percebeu. Seu olhar se fixou, sem vida, na mancha marrom.

A força de seu espanto silencioso me afetou também. Com cuidado, acariciei a mão dela.

A mão estremeceu e se dirigiu para a mancha. Apalpou-a. Eu acariciei o braço dela. Sob a palma de minha mão, a crepitação suave dos pelos loiros era quase inaudível. De súbito, ela enlaçou minha cabeça. Quando olhei para o rosto dela, percebi que do canto dos olhos arregalados duas lágrimas caíam. Apertei minha cabeça em seu peito.

— Szidike...

— A sua... — a voz dela falhou, em seguida explodiu com força — ... disse que eu não deveria criar problemas.

— Szidike...

Acariciei seu rosto, o pescoço macio e também seu peito. Os olhos marejados vibraram de susto. Ela me empurrou. Por alguns momentos, eu a olhei com raiva.

— Idiota... — resmunguei, e saí da cozinha.

II

Meu avô balançou a cabeça, com um gesto interrompeu o sermão de minha avó, e perguntou:

— O que você faz o dia todo?

Eu estava deitado na cama deles, voltei a cabeça para o teto e não respondi. "Não faço nada", pensei. "Fico somente à espera do que vai acontecer." Imaginei que Szidike entraria pela porta, com a camisola queimada, gaguejaria alguma coisa, minha avó gritaria e talvez apanhasse o molho de chaves no bolso e, de raiva, o atirasse na menina. Eu só ficaria deitado e observaria calmamente como ela se esgueiraria até o quarto chorando.

Meu avô se virou todo para mim, franziu os olhos sob os óculos de aro grosso e ficou me olhando.

— De verdade, meu filho, o que você faz o dia todo?

— ... eu disse que ele estuda, mas você me escuta?... é como a mãe... — resmungou minha avó, estalando o jornal entre as mãos. Os óculos escorregaram para a ponta do nariz enquanto ela me encarava, piscando os olhos.

— Leio muito, vovô, e também estudo... — respondi, continuando a fitar o teto calmamente.

— Quando tinha sua idade, eu já era um aprendiz. Já praticava um ofício. O que você faz não é bom — ele disse.

— Quando, quando... — eu disse, irônico — o que não é bom?

— Você ficar o dia todo largado. Vai virar um fracote! — explodiu o vovô, mas minha avó olhou para ele com raiva, empurrou os óculos para a base do nariz com força e ralhou:

— O médico mandou que ele descansasse. É tão anêmico que dá pena de ver.

— O médico disse isso há dois anos. Desde então ele não teve nada.

— Como não? — sibilou minha avó, e largou as rédeas de suas palavras, mas meu avô enrubesceu, puxou uma mecha grisalha no alto da cabeça e fez um gesto para que minha avó continuasse lendo. Ela ainda reclamou por algum tempo e, em seguida, mudando de tom, recomeçou. Fiquei calado olhando para a porta, mas Szidike não vinha. Fechei os olhos. A leitura acabou logo, minha avó largou o jornal e, em meio a uma grande barulheira, se pôs de pé. Senti que ela se inclinava na cama e estendia um lençol sobre mim. O odor desagradável da velhice bateu em meu nariz, mas não tive forças para resistir. Adormeci.

A luz estava acesa quando minha avó começou a me acordar.

— ... acorde, Dojdizinho... vá se deitar direito... droga de empregada! ... acorde devagar... — repetiu — ... queimou... vamos arrumar a cama e deitar... você vai se deitar direitinho...

Abri os olhos. A camisola queimada jazia em cima das roupas passadas. Porém ela não me interessava mais. Deixei que minha avó arrumasse a cama, ajudasse a desamarrar meus sapatos, por um instante fui atravessado pela ideia de que não tinha feito a lição, mas me enfiei debaixo da colcha.

No banheiro, a água corria. "A Szidike está tomando banho", constatei. O pensamento por um momento me despertou. Naquela hora, lembrei-me sem medo de seu corpo pálido, da toalha que ela segurava num nó estranho... Fechei os olhos com força. A imagem não me abandonou, mesmo assim. Aos poucos, apesar de tudo, mergulhei no sono.

O sono me trouxe paz.

Szidike se acocorava encolhida sobre o estrado diante da banheira e seus olhos sorriam para mim. Em seguida, endireitando-se, flutuou mansamente em minha direção. Não tive coragem de olhar para ela. Ergueu minha cabeça com a ponta dos dedos. Ria. Como minha mãe...

12

Nuvens ameaçadoras, cinzentas se entrelaçavam. Chovia a cântaros. Das valas transbordantes, a água jorrava com um estrondo. Por vezes, uma rajada de vento passava entre as folhas encolhidas, amarfanhadas, e atirava contra minha janela a massa de lâminas de água distendidas como bastões de gelo. As folhas oxidadas das plantas, das árvores, dos arbustos perdiam a cor, o verde vivo da grama e o amarelo berrante do pé de tulipas também se entregavam, dissolviam-se em meio ao gris.

Meu quarto estava fresco. Deitado, desperto havia muito tempo, eu fitava o mundo carrancudo lá fora. Não tinha vontade de sair da cama quente. Volta e meia caía num sono leve, em seguida algum ruído me sobressaltava e, caso voltasse para as camadas macias do sono sem sonhos ou atentasse para o som duro do vento, de algum lugar, de baixo de minha consciência, o medo irrompia cada vez mais. Eu sentia medo da chuva, de Szidike, por não ter estudado, porque poderiam me levar embora pois eu não sabia beijar, porque havia esquecido no jardim um livro de meu pai, e esses medos miúdos não abriam caminho em mim um a um, mas cinzentos e imprecisos como a neblina em círculos sobre o gramado.

Naquela hora, senti pela primeira vez que seria capaz de ajeitar as coisas todas. Se me levantasse, ainda teria tempo de fazer a lição, se contasse tudo para Szidike ela talvez me entendesse, mas ante a ideia de sair da cama eu me horrorizava.

O despertador tocou acima de minha cabeça. Eram seis e meia. Tive vontade de chorar, mas ainda assim me levantei, me vesti rapidamente e lavei o rosto e as mãos às pressas.

O forno fora aceso e a área em que ficava a mesa de jantar ganhou um calor agradável, cheirando a gás... Minha mãe, cantarolando, animada, bem-vestida, punha a mesa. Espalhava os talheres com um bom humor nunca visto. Szidike estava diante do fogo na cozinha e concentrava toda a sua atenção para que o leite não fervesse. No alto da panela cheia até a borda a película tensa do leite borbulhava, quase caía para fora, distendendo-se para os lados, prestes a escorrer, mas Szidike fechou o gás e as bolhas da película aos poucos refluíram.

— Às ordens, seu urso mal-humorado... — gracejou minha mãe, abaixou-se, e deu um beijo em meu rosto, mas eu só resmunguei um "olá" abafado. Szidike tentou assumir o tom leve de minha mãe.

— Já parece um homem, resmunga o tempo todo. — Minha mãe caiu na risada.

— Claro que é uma pessoa! Uma pessoinha doce. Café... chá... chocolate? — perguntou, curvada, em seguida fechou os olhos, e num tom grave perguntou: — ... ou uma fritada? — e riu alto.

Nem isso melhorou meu humor e esperei, como de outras vezes, que o veneno sufocasse minha mãe, mas ela continuou rindo.

— Nem isso nem aquilo! — gritou. — Sabe o que você vai tomar de café da manhã?

Enquanto eu me sentava à mesa, olhei para ela, inquiridor.

— Laranja! — declarou.

— Pare de bobagens — respondi, exaltado, mas minha mãe provavelmente não me ouvia mais, porque desenterrou duas laranjas imensas do armário e as exibiu triunfante. Szidike se pôs a seu lado, curiosa.

— Laranja... — ela disse, duvidando.

— Sabe quem as mandou? — perguntou, radiante, minha mãe, e ela mesma respondeu: — O camarada Rákosi!

Fui tomado de alegria e respeito.

— Como? — perguntei. — E você falou com ele? Elas são para mim?

Minha mãe não piscou, mas senti que o sorriso era falso.

— Ele chegou junto de mim e perguntou se eu tinha um filho. E lhe respondi que sim, e então ele propôs que eu lhe trouxesse laranjas.

Nessa hora eu já sabia que não era verdade, mas aceitei a simpática mentira, e somente depois de muitos anos imagino, hoje, minha mãe na recepção, na fila, ela estende a mão para Rákosi, em seguida passa adiante, avista as laranjas na travessa, pensa em mim, depressa, enquanto abre a bolsa, olha em redor e surrupia duas, e nisso talvez sorria, porque se lembra dos panfletos.

— E cheguei a dizer para o camarada Rákosi que eu não tinha um filho qualquer, mas um bom aluno, desbravador. Que se conseguisse melhorar a nota ruim de matemática ele se tornaria um ótimo aluno.

Agora eu sentia claramente que ela mentia, pois como poderia falar mal de mim? Se houvesse dito alguma coisa, só poderia ter sido boa. Ela pôs as laranjas diante de mim enquanto acariciava minha cabeça e tagarelava me chamando pelo diminutivo. Aquilo me ofendeu.

— E essa é sua, Szidike! — disse minha mãe, e enfiou a outra laranja nas mãos dela. Enquanto eu descascava a minha, Szidike olhava para a fruta na palma de sua mão com os olhos arregalados. Não disse nada, apenas seu olhar se alternava entre minha mãe e a laranja, como se perguntasse se ela era mesmo sua. Eu também nunca havia comido uma laranja, mas me envergonharia se Szidike percebesse.

— Coma! — atirei em sua direção.

— Vou levá-la para casa... — respondeu, em voz baixa — para a minha querida mamãe e para o Gyurika.

— Leve, Szidike. Nunca viram nada igual — disse minha mãe num tom agradável.

Parei de descascar a laranja. Deitei-a sobre as cascas despedaçadas. "Nunca viram nada igual", revirei as palavras de minha mãe.

Olhei para ela, como se esperasse uma retificação, mas logo me dei conta de que, na essência, Szidike tinha razão. A mãe dela e o Gyurika não deviam ter visto nada parecido. Eu também havia visto uma laranja apenas nas imagens coloridas de meu livro de botânica. A mentira em tom agradável de minha mãe tornou-se amarga em minha boca, e eu não consegui mais aceitá-la. O tom condescendente em que dissera "nunca viram nada igual" a fez parecer insensível, distante e antipática. De súbito, pois se tratava de instantes, eu não compreendia como pudera lidar em tom de superioridade com Szidike. Lembrei-me de meu pai quando ele dissera, objetivo, para a moça: "A senhora não é nossa empregada... de hoje em diante é parte da família!". E naquela hora vi meu pai como alguém muito grande. Talvez porque ele sempre fosse distante.

Com passos cuidadosos, Szidike levou a fruta para seu quarto. Minha avó apareceu à porta. De cabeça erguida, lançou um olhar magoado para minha mãe e devolveu o cumprimento somente do canto da boca.

— Vou levar o café para o papai... — ela disse.

— Deixe, mãezinha — falou com afetação minha mãe —, eu levo. Escuro ou claro? Eu levo o da senhora também!

— Deixe — respondeu minha avó —, não se canse...

Minha mãe se horrorizou por causa do tom duro. Enquanto minha avó preparava o café com movimentos rígidos, ela rodava em torno do fogo. Cortou pão, passou manteiga nele, em seguida minha avó pegou a bandeja e partiu. Por cima dos ombros, atirou para minha mãe:

— Depois quero falar com você!

Minha mãe fez uma careta, mas minha avó nessa hora se virou e a notou.

— Muito bem — ela disse, ainda mais ofendida, e saiu às pressas.

Minha mãe piscou maldosa, e perguntou:

— Ela é sempre assim enraivecida?

Dei de ombros, e enterrei a cabeça no bule de café de bolinhas pintadas.

Szidike saiu de seu quarto. Aproximou-se de minha mãe com um ar espantado.

— Não me leve a mal, mas nem agradeci... nunca tinha visto uma ao vivo.

— Ah, não tem importância — respondeu minha mãe, e alisou os cabelos da moça.

Minha avó voltou impetuosamente. Do braço dela pendia a camisola queimada.

— Pronto, aí está! — jogou-a sobre uma cadeira. Minha mãe olhou para ela sem entender, mas minha avó estava furiosa demais para se entregar a uma longa explicação. A silhueta curvada de meu avô apareceu atrás dela à porta.

— Não precisa, mamãe... — ele disse, em voz baixa, mas a velha o calou com um gesto grandioso, teatral.

— Aqui está sua obra! — continuou gritando. — Fazer caretas nas minhas costas você sabe... o quê?...

rir da velha... mas eu te avisei... avisei, mas também naquela hora eu fui uma bruxa velha imbecil que não deveria ser ouvida! — A voz dela virou um urro: — Eu disse que seria um problema empregar uma jovem. Ela queima todas as minhas roupas... eu não tenho dinheiro para comprar roupas novas todos os dias... ela devora laranjas... o que eu vou fazer com isso? O quê?... O quê?... — gritou, agarrou a camisola, e enfiou o punho no meio da queimadura marrom. O tecido fragilizado cedeu e se rasgou. — Pronto, aqui está. A obra da empregada de vocês! — E a largou no chão.

— Mãe, cale a boca! — gritou minha mãe.

Szidike se aproximou na porta, apertando assustada os adornos pintados de branco, e com seu olhar — assim me pareceu — me procurou. Fechei os olhos. Eu sabia que deveria dizer alguma coisa.

Minha avó grasnou e fugiu do olhar de minha mãe rapidamente na direção da porta. As artérias na testa de meu avô se dilataram, ele começou a tossir, e, amargurado, repetiu:

— Não é preciso... não... deixem...

— Está bem... bem! — engasgou-se minha avó. Arrastou o velho consigo e bateu a porta.

Minha mãe ficou imóvel por algum tempo, em seguida pegou a camisola no chão e, com gestos indecisos, mas ordenados, começou a dobrá-la. Afastou para o lado os talheres sobre a mesa. Voltou-se para Szidike. A moça continuava de pé junto da porta, horrorizada como quem esperava por alguma coisa, paralisada, tensa.

— Da próxima vez, tome cuidado! Não gosto dessas coisas.

Nessa hora, Szidike olhou para mim.

Tirei um gomo da laranja e o joguei na boca.

13

No domingo de manhã, a chuva havia parado. Por trás das nuvens, revelou-se a coroa amarelo-clara do sol, depois faixas mais escuras deslizaram à sua frente e ele desapareceu de novo. Como se brincasse. Nada se movia. Era estranho que no alto, no firmamento, as nuvens se movessem e aqui embaixo tudo estivesse calmo. Fazia mais silêncio do que de costume. Folhas de louro sombrias trepavam para o alto, cingindo num abraço apertado o sumagre. Em suas folhas brilhantes, oleosas, as gotas de água escorriam, escorregavam para outra folha... assim, de andar em andar chegavam ao chão. No gramado, a água se empoçava. As trilhas pavimentadas se estendiam para cima como listras brilhantes e seguiam até o portão.

Eu estava de pé junto de minha janela.

Para além do portão, na rua, nada se movia. O zumbido surdo, que volta e meia reaparecia e resfolegava, também era um espelho do tempo. Aos domingos de manhã, o bonde só passava a cada meia hora.

Da cozinha se ouvia o ruído abafado, íntimo, da louça. A porta do hall de entrada se abriu. Meu pai, de robe, barba por fazer, de sapatos calçados, sem meias, correu trilha acima, tirou o jornal da caixa do correio e, correndo, cuidando para não escorregar, voltou. Ele me viu. Com o jornal dobrado, fez um aceno com o braço e desapareceu atrás da porta.

Fiquei lá de pé por um bom tempo. Fazia hora. Sentia que, se saísse daquele lugar, se fosse me lavar e me vestir, o dia começaria. E o que até então fora bom, fácil e agradável se apagaria e se tornaria duro e impiedoso.

Apoiei a testa contra a janela. Estava de braços cruzados. Minha respiração embaçou ligeiramente o vidro. Desenhei algumas figuras nele. Depois criei novas manchas de vapor e tracei nelas novos contornos.

Alguém abriu a porta. Era minha avó. Trazia duas jarras de água vazias nas mãos. Sempre as levava para o quarto de noite.

— Olá, Dojdika — disse, e sorriu, enquanto atravessava o quarto.

— Olá.

— Vista-se depressa. Eles logo vão chegar.

Nem olhei para ela. Observei as figuras que desapareciam na janela. "Acabou", refleti.

Eu me lavei. Vesti-me cuidadosamente, guardei a roupa de cama, em seguida me estendi no divã. Li, concentrado.

O primeiro carro parou diante do portão no final da manhã. Levantei-me e vi pela janela que o motorista saltou dele, deu a volta apressado e abriu as portas.

Primeiro desceu um homem corpulento, em seguida uma mulher magra. Esperaram. A mulher falou com alguém dentro do carro.

De certa forma, a cena pareceu muito familiar. Talvez por conta da postura da cabeça. Depois a porta da frente também se abriu e, com um movimento solene, Éva desceu. Usava um vestido azul, com uma pequena gola branca e meias brancas. Discutiram alguma coisa. Éva olhou para o jardim e, contrariada, balançou a cabeça. A mulher magra se aproximou muito dela e, assim, quando se encararam com raiva, se pareceram ainda mais uma com a outra. Em todos os gestos.

Nisso, o motorista se acomodou de novo em seu assento e ligou o motor. Ficaram lá os três. Em seguida, com Éva à frente, desceram pela trilha.

Eu saí de junto da janela, me atirei na cama, virei para a parede e fechei os olhos. Vão me levar agora? Ou vêm fazer uma visita? Nesse caso, por que teriam vindo de carro? Moravam na rua de baixo! Por que o carro esperava? Por quem ele esperava?

Por mim... Eu me encolhi. De algum lugar distante, ouvi, abafados, os cumprimentos em tom agudo de minha mãe. A porta do hall de entrada bateu e eles entraram na sala de estar. O carro parecia ter ido embora! Olhei pela janela. Da cama, não o vi. Fui até ela. O carro tinha de fato ido embora...

Soltei um grande suspiro. Minhas pernas tremiam. Atirei-me de novo na cama. Abracei os joelhos, mas eles continuaram tremendo.

Os carros chegaram em sequência. Desligavam o motor, as portas batiam, sombras passavam por minha janela, os cumprimentos eram estridentes, as cadeiras na sala de estar eram arrastadas...

Em outra situação talvez os ruídos parecessem banais, mas naquela ocasião eles se reuniam, se somavam. Tudo era familiar, como se aquilo já tivesse acontecido alguma vez. Portanto, era esperado.

Onde eu poderia me esconder? Como poderia desaparecer? O jardim está molhado. Não posso ir ao sótão. Eu seria notado.

Dessa forma, continuei deitado.

Minha mãe entrou no quarto resmungando.

— Você não vai sair? Não?

Fingi que dormia. Minha mãe me sacudiu:

— O que você está fazendo aqui? Todo mundo já chegou. O conde Till se faz esperar? O que você está pensando?

Mudei de expressão:

— Está bem... já vou... não grite...

Minha mãe olhou para mim tranquilizada, e disse:

— As crianças estão no jardim de inverno. Vá para lá.

Antes de abrir a porta, troquei novamente de expressão. Tentei sorrir.

Éva estava sentada de costas para mim, voltada para a janela numa poltrona de vime, e fitava o jardim, imóvel. Os dois rapazes Pozsgai estavam de pé junto de meus brinquedos espalhados, o maior dava chutes nas peças de meu Märklin.

— Por que você está chutando as peças?

— Por nada — ele respondeu, fazendo um bico com a boca como se assoprasse.

— É seu?

— Eu tenho muitos mais...

Olhei para Éva. Eu sabia que tinha de falar com ela. Não poderia evitar. Ou me aproximaria dela ou sairia da sala... Porém isso eu não deveria fazer. Senti o olhar penetrante de minha mãe às minhas costas. Aos poucos, cheguei perto dela. Cumprimentei-a.

Ela assentiu.

O Pozsgai de novo chutou o Märklin.

Eu me virei, irritado, e somente nessa hora notei as garotas Ungvári debaixo da figueira. Eram magras, exemplares, orgulhosas. Com movimentos graciosos se exibiam em suas roupas especiais e não me deram mais do que uma olhada rápida.

— Olá — cumprimentei. Os lábios delas se moveram, mas não ouvi nada. Deveria ir até elas? Virei a cabeça. Olhei para Éva. Não. Não vou. Elas cochicharam alguma coisa. Dei de ombros e voltei as costas para elas definitivamente.

— Olá — eu disse de novo.

Ela olhou para mim, mas não respondeu.

— Como foi que você veio?

— De carro — respondeu, irônica.

— Como convidada?

— Sim, se você não levar a mal.

— Não se ofenda.

— Você me ofendeu.

— Não se ofenda.

— Você me entedia, como os outros. Vou cair fora daqui.

— Eu também — disse-lhe, e achei que a ação conjunta fosse alegrá-la.

— Você vai ficar aqui. Você é um covarde.

— Não sou covarde...

— Não pense que me esqueci de tudo. Mas às vezes precisamos encobrir as coisas. Na verdade...

— acrescentou, como se de passagem — ... eu te denunciei para meu pai.

— Vamos montar as alças de ginástica — disse um dos Pozsgai.

— Façam isso — respondi, e saí.

14

Desejaria ter rido. Sabia que ela estava mentindo. Queria me assustar. Pensava que eu tinha medo dela. Engano! Além disso, não sou covarde. Não gosto de brigar. Isso não é covardia. Covardia seria eu fugir. Sou forte, e sou capaz de olhar meus pais nos olhos com tranquilidade...

Fiquei pensando nisso. O medo me atravessou como uma nuvem. Será que não consigo olhá-los nos olhos? Talvez ela não esteja mentindo... quem sabe ela tenha contado... Entro na sala de estar, o pai dela se põe diante de mim e diz: "Vou mandar que te levem. O carro está lá fora". O carro foi embora. "Vou mandar que te prendam." "Você não pode fazer isso!", minha mãe vai gritar. Mas ele pode, porque é mais importante. A casa deles também é mais bonita.

Meus sentimentos distorcidos não seguiram trabalhando. Eles se recusaram. Desejaria apenas chorar. Mas não tive coragem de me deitar, porque qualquer um poderia abrir a porta. A qualquer momento.

Continuei a tatear na noite que de súbito se abatera sobre mim.

Szidike... Vou contar tudo para Szidike... Mas minha mãe me chamou da rouparia. Estava ajoelhada diante das portas escancaradas dos armários. À sua volta, toalhas de mesa, lençóis, guardanapos, toalhas se espalhavam por todos os lados, aos montes. Jogou mais um pacote no chão.

A proximidade dela me acalmou.

— O que você está procurando?

— Aquela toalha branca maldita! Você não a viu?

Olhou para mim.

— Onde a teria visto?

— Só perguntei — ela disse, e se enfiou até a cintura dentro do armário. — Não... não... não! — explodiu. — Chame a mamãe aqui.

— Está bem — respondi, e fui saindo.

— Não, é melhor que seja eu — ela disse depressa. — Chame a Szidike.

— Está bem.

Ela estava na cozinha. Cuidava de uma grande panela fumegante que chiava, com o ralador de bolinhos de farinha nas mãos.

— Szidike, a mamãe está te chamando, venha... — avisei. Meu tom suave, incomum, deve tê-la constrangido. Não sabia se devia largar o trabalho e me seguir, ou se deveria ficar e terminar o que fazia.

— Gyurika... a massinha vai ficar cozida demais. Diga à camarada que logo irei.

Minha mãe e minha avó estavam junto do cesto de roupa suja. Seu conteúdo estava espalhado à volta delas. As duas com as mãos na cintura. Balançavam a cabeça, inconformadas.

— E então? — minha mãe se voltou para mim.

— Ela vem, mas a massinha vai passar do ponto.

— Com certeza — disse minha avó.

— Não creio.

— Você sempre confia nas pessoas até o dia em que vai pagar caro.

— Nada disso, mãezinha! Por que raios ela precisaria de uma toalha de mesa adamascada para doze pessoas?

— O soldado dela vai se licenciar e eles irão se casar.

— Mamãe!...

Minha mãe ficou reflexiva, mas não respondeu. E, de súbito, também me senti um pecador. Como se eu a tivesse roubado... Senti que enrubescia. Szidike não poderia ter roubado nada! Para quê? Eu não tinha roubado. Soltei, nervoso:

— Com certeza ela está em algum outro lugar.

— Gyuri, você ficou vermelho, você sabe! — atacou minha mãe.

— Não sei.

Szidike entrou. Minha mãe estava de costas para ela, armou um sorriso no rosto e se virou.

— Querida, você não viu a toalha branca?

Szidike ficou parada, sem entender.

— A toalha branca, a toalha de mesa branca.

— Não.

— Porque já procuramos em todos os lados e ela não está em lugar nenhum — interveio minha avó.

— E o Gyurika não sabe...

— Não estava entre as roupas a serem passadas?

— Não... não... eu me lembraria...

— Já procuramos em todo lugar — repetiu minha mãe, e remexeu uma montanha de roupas.

— Tem certeza de que não estava para ser passada?

— Não, estou dizendo que não.

Szidike deve ter percebido o pensamento de minha avó naquela hora. Empalideceu.

— Se queimou, é melhor que confesse.

— Não tenho com o que pôr a mesa...

— Não queimou... porque não estava lá... — gemeu a menina.

— Não estava entre as roupas a serem passadas! — berrei, descontrolado.

Minha mãe se aproximou e me deu um tapa na boca. Seu anel grosso cortou meu lábio.

— Pronto — sibilou —, você vai ver... quando deve gritar!

Fiquei parado, olhando apenas. Szidike pulou para junto de mim. Minha avó agarrou o braço dela e a puxou para si.

— Você a roubou. Você precisa dela na casa nova, não?

Pus a mão na frente da boca. Ela ficou cheia de sangue. Não sabia o que fazer. Não conseguia me concentrar em mim. Espalhei o sangue no rosto. Como se tivesse engolido ferro.

— Não... — sibilou minha mãe. — Não... — e arrancou o braço da menina da mão de minha avó.

Fui para o banheiro. Não senti medo. As pessoas diante de mim agora se mostravam com clareza. Eu as entendia. Eu só as temia quando falavam.

Szidike estava de pé, imóvel.

— Devolva... — minha avó curvou-se sobre seu rosto.

— Mãe... não... — repetiu minha mãe sem forças.

A menina estremeceu, em seguida se dirigiu para a porta com passos determinados. Feriu os lábios com mordidas.

— Pare... — falou atrás dela minha mãe, num tom surdo — vamos, pare de uma vez! Não é nisso que estamos pensando...

Foram atrás dela. Szidike as notou. Mudou de direção. Entrou em seu quarto. Deixou a porta aberta. Minha mãe e minha avó se detiveram. O rosto da menina estava rígido, mais sério do que com medo. Como uma morta. E pálido. Abriu o armário com gestos lentos, medidos. Duas blusas de seda. Uma turquesa e uma branca. Ela as atirou para fora. Varreu a roupa de cama da estante, em seguida jogou duas saias no chão. Fez tudo sem dizer uma palavra.

Em seguida, se aproximou do divã. Ela o dobrou. Atirou fora a colcha, o travesseiro e o lençol. Não havia nada debaixo deles... Foi até a mesa de cabeceira...

Minha mãe fez um sinal para minha avó com os olhos. A velha saiu. Estava assustada.

Minha mãe chegou perto da menina e a conteve.

— Não. Szidike... não... — disse, sem forças.

A menina se safou e arrombou a porta da mesa de cabeceira. Minha mãe observou assustada o rosto dela, enlouquecido. Abraçou-a pelos ombros e a forçou a se sentar na cama. Sentou-se a seu lado.

— Não... Szidike... — disse enquanto isso.

Szidike curvou a cabeça. Cansada, exaurida. Chorava sem emitir nenhum som. As lágrimas percorreram seu rosto arredondado pelas laterais do nariz.

Não resistiu. Minha mãe acariciava a cabeça dela. Eu estava de pé, paralisado, junto da porta.

— Diga à vovó para que ponha a mesa com a cor-de-rosa... — sussurrou minha mãe em minha direção.

— Está bem — eu disse.

15

Na segunda-feira, Szidike viajou para a casa dela. Foi com o compromisso de voltar na terça-feira de noite. Porém, na noite de terça ela não veio. Pensamos que teria perdido o trem. Ligamos para a estação, porém lá, para mais tarde, não esperavam pela chegada de nenhuma composição, somente para a quarta-feira de madrugada.

Na quarta, ela não veio.

Deviam ser nove horas quando ouvi a batida da porta do carro. Eu estava sentado à escrivaninha. Estudava. Em seguida o portão rangeu, resistente, e na trilha descendente do jardim as passadas de minha mãe ressoaram. Não fui abrir a porta. Nem o casaco ela tirou.

— Você está estudando? — ela me olhou.
— Sim.
— E a Szidike?
— Não veio.
— Imaginei — respondeu, e entortou a boca.
— Com certeza aconteceu alguma coisa.
— Sim. Simplesmente não tem coragem de voltar.

— Porque vocês a confrontaram.

— Como assim, a confrontamos?

— Suspeitaram dela.

Ela fez que não, e se preparou para sair.

— Você não vem? — perguntou.

— Não.

Ela se deteve, aproximou-se de mim e alisou minha cabeça.

— O que há com você nos últimos tempos?

— Nada.

— Dojdika... Eu vejo. Por que você não me conta tudo? Às vezes estou nervosa. Reconheço. Eu te magoei?

— Não.

— Não seja tão ressentido! Querido Dojdika... — ela se curvou bem perto de mim e beijou minha cabeça. Senti que deveria abraçá-la. Passei o braço em seu pescoço e me horrorizei. Sabia que ela era incapaz de amar. Nem a mim. Ela me beijou de novo e se acalmou visivelmente.

— Você vem?

— Vou.

Saiu. Fitei meu caderno. Terminei o exercício e depois ouvi a passagem da água pelos canos e o rumor baixo do banheiro. Eu estava distante. Também a ouvi passando pela rouparia e sentando-se numa poltrona. Eu me pus de pé e saí. Minha mãe tinha acabado de pôr a caixa de costura sobre a mesa.

— Você não tem nada rasgado? — perguntou.
— Não.

Tirou o tricô da caixa, ajeitou a lã no dedo, recostou-se e, enquanto suas mãos trabalhavam rapidamente, olhou para mim, sorrindo:

— Como foi na escola?
— Bem.
— Você teve chamada?
— De húngaro. Tirei dez.

Assentiu.

— E você nem estudou.
— Húngaro eu não preciso estudar. Presto atenção na aula. É suficiente para mim.
— Apesar disso, convém estudar...

Minha avó enfiou a cabeça na porta.

— Olá, querida.
— Beijo, mamãe. Ouvi que a Szidike não veio.

Minha avó entrou.

— Pensei que ela não teria coragem de voltar. E sei também a razão.
— Eu também pensei.
— Eu disse a vocês.
— O quê?
— Que teríamos problemas.

— Não comece de novo, mãe. Por favor.

Minha avó assumiu uma expressão séria.

— Não acho minhas toalhas azuis felpudas. Três.

— Mãe, procure bem...

— Já procurei. E sei por que ela não volta.

— Mãe, eu não acredito...

— Ela levou as roupas dela?

— Não sei.

— Eu sei. Levou. Não deixou nada aqui. Olhei no armário dela.

— Não, mãe, não acredito.

— As toalhas desapareceram! Procurei em todos os lugares.

Minha mãe se pôs de pé. Saíram do quarto. Eu não me mexi. Vi que de novo desmontaram o armário de roupas de cama, o cesto de roupa suja e as roupas separadas para serem passadas. E vi também que o rosto questionador de minha mãe era aos poucos distorcido pela raiva.

Voltaram. Minha avó sorria como se dissesse: "Viram, eu disse!". Minha mãe apertou os lábios, sentou-se, pegou o tricô e, em seguida, o largou.

— Desapareceu um lençol também... — disse mais para si.

— Não acredito que tenha sido a Szidike... — eu me manifestei.

— Como assim, não acredita? Quem foi então?

— Mãe, você não viu o rosto dela no domingo?

Ela olhou para mim como quem não entendia.

— Existem fatos — respondeu.

O portão rangeu. Ouvimos passos firmes na trilha. Com um gesto cansado, minha mãe se levantou.

— Estou indo esquentar o jantar — disse minha avó com a agitação de sempre.

Minha mãe abriu a porta. Meu pai entrou. Habituou os olhos à escuridão, em seguida se curvou na direção da boca de minha mãe.

— Olá, minha pequena — disse.

Passou a meu lado.

— O que houve, meu velho? — perguntou. — Como foi na escola?

— Não houve nada, meu velho — respondi.

Ele franziu as sobrancelhas e me olhou. A meio caminho parou, com a pasta na mão. Não a largou.

— Três toalhas felpudas e um lençol da mamãe desapareceram — disse minha mãe.

— Ela voltou?

— Não.

— Isso é um absurdo — explodiu meu pai, e atirou a pasta debaixo do cabideiro. Enquanto isso, sacudia a cabeça. — Ela não escreveu?

— Não.

— A carteira de trabalho dela está com você.
— Verdade.
— Amanhã vou visitar a belezinha.
— Como? — perguntei.
— De carro. Quer vir?
— Tenho escola.

Meu pai olhou para mim, sorrindo.

— Você pode faltar uma vez. Vamos escrever uma justificativa, dizendo que você estava doente.

— Está bem — respondi, e um sorriso tomou conta de meu rosto. Senti admiração por meu pai.

16

Tudo era branco como leite e infinito. Ao longo do caminho riscado, todo partido, congelado, pelas rodas dos carros puxados por cavalos, como torres rendilhadas de igrejas góticas, os álamos se enfileiravam.

Tínhamos deixado a via pavimentada havia bem mais de meia hora. O carro estremeceu numa ou noutra vala, sacolejou a seu bel-prazer. Tínhamos de nos segurar com força.

O motorista resmungava. A quilômetros de distância uma da outra havia fazendas caiadas de branco. Sombrias, largadas no meio do nada. Dos dois lados do caminho, as estrias de terras aradas corriam na direção das casas. Mal havia arbustos. Às vezes passávamos por juncos rasgados. No fundo das depressões, onde cresciam bambus e caniços, a água não brilhava. Havia somente areia enregelada.

— Deveríamos perguntar... — disse o motorista, enquanto olhava fixamente para a frente.

— Vamos entrar em algum lugar — respondeu minha mãe.

Viramos na direção de uma fazenda.

Seguimos numa estrada larga, gramada. Entramos numa propriedade e paramos.

Nada se movia.

— Ninguém mora aqui? — perguntou minha mãe, num tom de dúvida. Saímos do carro.

Demos alguns passos na direção da casa. As portas estavam fechadas, e os painéis das janelas nos fitavam empoeirados, sujos. Depois, de trás da casa se arrastou um velho de nariz atarracado e rosto anguloso. De seus ombros pendia um colete de couro engordurado e na cabeça trazia um gorro de pele. Não tinha abotoado o colete, debaixo dele não usava camisa, apenas uma camiseta esportiva imunda. A barba preta cobria seu rosto. Olhou para o carro fixamente.

De súbito, fui tomado de medo. Quem sabe ela morava ali... Por que eu tinha vindo? Szidike não devia ter roubado... ela não era disso... ou quem poderia ser?

— Bom dia — cumprimentou simpaticamente minha mãe, e estendeu a mão.

O velho esfregou as palmas das mãos pretas, rachadas, e em seguida estendeu a mão sem nenhum esforço. Continuava a observar o carro.

— Tio, nós estamos procurando os Tóth. Saberia dizer onde eles moram?

O velho balançou a cabeça. Não respondeu. Do meio das rosas de outono congeladas diante da casa, um cachorro esquelético se levantou. Via-se que andava com dificuldade. Era manco de uma pata. Aproximou-se devagar, sacudiu o curto pelo vermelho das costas. Chegou até o velho e se esfregou nele. O homem olhou para baixo e o chutou para o lado.

— Não sabe, por acaso? — minha mãe repetiu a pergunta.

— Há muitos Tóth — ele respondeu num tom contido.

— Eles têm uma filha chamada Szidike — minha mãe ergueu a voz, como se falasse com um deficiente auditivo.

— Aqui todos têm. Mas por esses lados não há ninguém.

A expressão de minha mãe se anuviou. Olhou para mim sem saber o que fazer.

— Ainda assim, onde, tio?

O velho balançou a cabeça de novo. Na porta da casa, uma fenda se abriu. Uma jovem pôs a cabeça de quem havia acordado naquele instante para fora. Devia ter acabado de se vestir, porque suas roupas pendiam dela desarrumadas, como se postas às pressas.

— Pai, saia daí! — gritou com agressividade para o velho.

O velho ajeitou a calça, se virou e se arrastou de volta para trás da casa.

— Quem vocês estão procurando?

— Os Tóth!

— Há muitos Tóth.

— Têm uma filha chamada Szidike.

A mulher pensou, enquanto resmungava...

— Szidike... Szidike...

De súbito, ela se deu conta.

— A garota da loja ou a outra, de perto da escola? — perguntou.

Minha mãe sacudiu os ombros.

— Não sei. A que trabalha em Budapeste.

— A que foi trabalhar de empregada?

— Essa.

— Ela voltou.

— Estamos procurando por ela.

Na porta ainda entreaberta a jovem ajeitou as roupas, piscou para o carro e saiu.

— Sigam a estrada 6 até a escola — apontou — e lá virem à esquerda. Fica na mata. Dá para ver.

Agradecemos. Entramos no carro. A mulher ficou parada no lugar e nos observou. O velho também espiou de trás da casa.

Demos meia-volta e retomamos a estrada. Olhei para trás e vi que o velho tinha vindo para a frente da casa. O cachorro se animou e procurou, com latidos selvagens, seguir o carro.

Eles ficaram lá, parados.

Já tínhamos andado bastante, mas não havia mata em lugar nenhum. Em seguida, surgiu uma fileira de acácias nuas. Para além dela havia uma casa comprida. Não existia um caminho para carros que levasse até ela, apenas uma trilha. Descemos e seguimos por ela. A areia congelada grudou em nossos pés. Com frio, minha mãe se encolheu em seu casaco.

— Terrível... — disse.

— O que é terrível?

— Como vivem.

Não respondi.

— Aqui não há nem luz... — olhou para o alto.

Deixamos a mata decadente de acácias, e nos vimos diante da fazenda solitária.

Minha mãe se deteve. Olhou para mim e depois voltou a caminhar. Sem porta, o chiqueiro se escancarava às escuras. Subimos para o corredor de uma espécie de alpendre que corria diante da casa. Minha mãe parou de novo, hesitou, em seguida bateu.

Não houve resposta. Abriu a porta. Entramos num pequeno hall. Em frente, debaixo da janela, um banco de tábuas se estendia, coberto de almofadas gastas. Na parede pintada de azul pendia um crucifixo. Dali se abria outra porta. Marrom, decrépita. Minha mãe bateu nela.

Ouviu-se uma voz. Era Szidike.

Entramos.

Sentada diante de um forno alto, Szidike descascava batatas. Junto dela, um garoto nu da cintura para baixo se acocorava e comia as cascas de batata cruas.

A faca se deteve na mão da menina. Sua cabeça também se imobilizou. Atrás dela, uma velha estava deitada numa cama de ferro. Puxou a colcha até o pescoço. À nossa chegada, com dificuldade, ela se ergueu sobre os cotovelos.

— Bom dia — disse minha mãe em voz baixa, e fechou a porta.

Szidike enrubesceu e gaguejou. Saltou do banquinho e agarrou a mão de minha mãe. Beijou-a. Minha mãe se ruborizou e a recolheu.

— O que está fazendo...? — gritou.

A menina saltou para a cama da velha deitada. Ajeitou seus travesseiros e sussurrou:

— Querida... É a patroa Till.

A velha olhou para mim.

— Ele é o Gyurika...

O menino parou de comer as cascas e piscou para mim, espantado. Em seguida, voltou a mastigar.

Szidike pulou para onde ele estava e as arrancou das mãos dele.

— Gyurika, você não pode... Sentem-se... aqui... — disse, e limpou o banco. — Aqui, por favor...

Nós nos sentamos. Minha mãe desabotoou o casaco.

— Como vocês... como vocês encontraram o caminho até aqui?

— Nós viemos de carro.

Fez-se silêncio. A velha ergueu-se um pouco mais e se virou para nós:

— A Szidi não foi por minha causa... estou sozinha... e Gyuri... — a velha disse, mas sua voz foi sufocada por uma tosse intensa.

— Não faz mal, nós a esperamos e não sabíamos o que estava acontecendo — disse minha mãe.

— Eu quis ir, mas não pude deixá-los... nem os animais.

— Nós a esperamos...

— Sim, mas eu não pude.

Minha mãe curvou a cabeça, as rugas se avolumaram em sua testa.

Em seguida, ela ergueu os olhos e examinou o quarto.

Entre as duas pequenas janelas escurecidas havia uma cômoda. Acima dela, um espelho gasto.

A cômoda estava coberta por uma toalha branca. Sobre ela havia uma imagem religiosa numa moldura brilhante de estanho. Ao lado dela, uma Bíblia encadernada em preto. E a laranja. Com a casca.

Eu logo reconheci a Bíblia. Meu coração começou a bater com força. Minha mãe não a reconheceu. Szidike também acompanhou nossos olhares. Saltou para junto dela. Hesitante, estendeu a mão para a Bíblia. Seu rosto se contraiu, o olhar pareceu assustado.

— Eu não... de verdade... acredite que não... — e pôs a mão diante da boca.

Como se pressentisse alguma coisa, minha mãe se pôs de pé. Pegou a Bíblia. Abriu-a. Szidike mordeu o dedo e gemeu alguma coisa incompreensível. Minha mãe ficou séria. Os ossos de seu rosto saltaram.

— Ela é nossa — disse, com gravidade.

Muda, com as pernas trêmulas, Szidike se deixou cair sobre o banquinho, em seguida se pôs de pé novamente. Agarrou-se ao canto da cômoda.

— Eu não roubo... não somos ciganos... — disse.

Minha mãe fez como se não tivesse escutado.

— Como isso veio parar aqui?

— O... — ela gaguejou, e assestou em mim o olhar horrorizado de medo.

— Eu dei a Bíblia para ela — sussurrei, e senti como se estivesse gritando: — Mãe! Eu dei para ela. Ela não rouba. Mãe, acredite! Eu dei para ela.

Szidike voltou para o banquinho. Pôs as mãos no colo e chorou. O menino se aninhou junto dela e balbuciou alguma coisa incompreensível. Szidike balançou a cabeça.

— Eu dei para ela... — repeti.

Minha mãe devolveu a Bíblia, e depois a agarrou de novo. Abriu-a, virou as páginas. Limpou a poeira invisível da capa. O menino tirou uma batata descascada da panela e a rolou na direção dos pés de minha mãe. Minha mãe olhou assustada e fechou o livro. O menino piscou os olhos e agarrou a batata.

— É minha — e começou a mordiscá-la.

Minha mãe olhou para mim e para Szidike. Correu os olhos sobre nós.

— Eu acredito... — disse rouca, em seguida ergueu o tom de voz e me atacou: — Você sabe que lembrança ela significa para mim...?

— Sei... mas pensei que não precisávamos disso...

A isso ela não respondeu. Szidike ergueu o avental e enxugou os olhos. Não olhou para nós. A velha continuava deitada na cama com o rosto imóvel, para ela somente chegavam os sons do interior de seu corpo.

Fez-se silêncio. Apenas a batata crua estalava sob os dentes miúdos do menino.

— A Szidi não foi por minha causa... estou sozinha... — sussurrou a velha, fitando o teto.

— Vai voltar para nós, Szidike? — perguntou minha mãe, depois de muito tempo. A menina balançou a cabeça, hesitante, querendo dizer que não sabia, e olhou para a mãe.

— Nesse caso, vou deixar aqui sua carteira de trabalho. Está bem? E não tenhamos ressentimentos entre nós.

Szidike de novo fez que não com a cabeça.

— Mas a Bíblia eu vou levar... para mim é uma lembrança... — disse, quase se desculpando, minha mãe.

A isso a menina não respondeu. Somente eu olhei para minha mãe. Ela pôs a Bíblia preta encadernada em couro sobre a mesa. Tirou da bolsa a carteira de trabalho. Escreveu algo nela, colocou dinheiro entre as folhas, em seguida a entregou para Szidike.

Nós nos levantamos. Minha mãe estendeu a mão para a menina. Ela a manteve assim por bastante tempo, mais por distração. Forçou um sorriso. Como se seus pensamentos nem estivessem mais lá. Saiu.

Vi que Szidike teria desejado se curvar e beijar a mão dela. Ofereci meu rosto. Quando já estávamos bem próximos, uma força imprevisível nos conteve. Nos entreolhamos. Meus olhos ficaram marejados. Ainda assim, preferi estender a mão. Ela demorou para aceitá-la.

Quando atravessamos a porta, olhei para trás. Sobre a mesa, com as folhas rasgadas escondidas sob a capa de couro pesada, estava a Bíblia. Minha mãe já estava no caminho. Eu não a chamei. Ela seguia com passadas hesitantes, inseguras, sobre a areia congelada em pedaços. Por vezes, olhava para trás, buscando se apaziguar, mas meu olhar não oferecia nenhum apoio.

Evitando esse apoio com uma determinação maldosa, eu segui seus rastros.

© Péter Nádas, 1962
Traduzido do húngaro. Título original: *A Biblia*.
Publicado pela primeira vez por Szepirodalmi Könyvkiado.

Todos os direitos desta edição reservados à Todavia.

Grafia atualizada segundo o Acordo Ortográfico da Língua Portuguesa de 1990, que entrou em vigor no Brasil em 2009.

capa
Julia Custodio
foto de capa
Magyar Rendőr, 1953
preparação
Silvia Massimini Felix
revisão
Huendel Viana
Karina Okamoto

Dados Internacionais de Catalogação na Publicação (CIP)

Nádas, Péter (1942-)
A Bíblia / Péter Nádas ; tradução Paulo Schiller.
— 1. ed. — São Paulo : Todavia, 2023.

Título original: A Biblia
ISBN 978-65-5692-532-5

1. Literatura húngara. 2. Romance. 3. Ficção contemporânea. I. Schiller, Paulo. II. Título.

CDD 894.511

Índice para catálogo sistemático:
1. Literatura húngara : Romance 894.511

Bruna Heller — Bibliotecária — CRB 10/2348

todavia
Rua Luís Anhaia, 44
05433.020 São Paulo SP
T. 55 11. 3094 0500
www.todavialivros.com.br

fonte
Register*
papel
Pólen bold 90 g/m²
impressão
Geográfica